밤의 인문학

일러두기

1. 노래 · 미술 작품 · 영화 · 방송 프로그램은 「 」로, 단행본 · 잡지는 『 』로, 전시는 〈 〉로 표기했습니다.

2. 이 책에 쓰인 인용문은 대부분 저작권자의 동의를 얻어 수록했습니다. 저작권자를 찾지 못한 경우는 저작권자가 확인되는 대로 정식 동의 절차를 밟겠습니다. 수록을 허락해주신 모든 분들께 감사드립니다.

밤의 인문학

도시남녀의 괜찮은 삶을 위한 책 처방전

밥장 글 · 그림 · 사진

앨리스

밤의 인문학

프롤로그

밤과 맥주
그리고
품격 있는
수다를
위하여

누가 빨갛고 누가 하얗더라는 이야기 대신
맥주잔을 부딪치며 오손도손 이야기하고 싶습니다.
사람을 글로 만나게 해주는
책과 인문의 바다에서
마음껏 허우적거리고 싶습니다.

출판사 기획자를 만날 때면 이번에는 어떤 책을 써볼까 마음껏 상상하며 수다를 떱니다. 이 책은 그런 수다 속에서 탄생했습니다. 『밤의 인문학』은 더빠(the bar)에서 열리던 '수요밥장무대'로 시작하였습니다. 더빠는 신촌에 있는 제 단골 술집입니다. 8년째 이곳을 드나들면서 친구들과 맥주를 홀짝거리며 시시껄렁한 이야기를 나누었습니다. 그러다 문득 이젠 좀 '폼'나고 품격 있는 이야기도 나눠보자는 생각이 들었습니다. 품격과 격조를 따지는 걸 보니 제가 늙은 건지도 모르겠습니다.

'수요밥장무대'는 오래전 MBC의 음악 프로그램인 「수요예술무대」를 따라한 자리입니다. 「수요예술무대」는 2005년 방송을 마치기까지 무려 13년 동안 수요일 밤마다 격조 높은 음악을 들려주었습니다. 자정이 넘은 시간에 해서 시청률은 그다지 높지 않았지만 우리나라를 찾는 음악가들이 몹시 서고 싶어하였습니다. 칙 코리아, 허비 행콕, 투츠 틸레만스, 포 플레이, 얼 클루, 알 자로, 케니 G, 척 맨지오니, 리 오스카, 요요마, 조수미, 브라이언 맥나이트까지 출연하여 무대를 빛내주었습니다.

　방송국은 광고로 먹고삽니다. 광고를 많이 받으려면 시청률이 높아야 합니다. 하지만 시청률만 좇다 보면 자칫 품격과 격조를 잃어버릴 수 있습니다. 이미지가 중요한 방송사에서 이미지를 잃어버리는 것만큼 큰 손해가 없습니다. 저는 「수요예술무대」 때문에 이 방송사를 좋아했습니다. 웬만하면 채널 고정이었습니다. 비록 이 프로그램의 시청률은 높지 않았지만 방송사 전체의 시청률을 높여준 셈입니다. 그런데 요즘에는 시청률만 좇고 품격은 안중에도 없는 것 같아 무척 아섭습니다. 어느새 KBS로 채널 고정입니다.

　『밤의 인문학』은 '수요밥장무대'를 글과 그림으로 옮긴 것입니다. '빠'라고 예술을 나누지 말란 법이 없잖아요? 이곳에서 제가 읽은 책 소개도 하고 손님들의 얘기도 들으면서 삶을 나누었습니다. 목젖까지 얼얼한 생맥주, 켜켜이 밴 담배 냄새, 오래도록 촛농이 녹아 눌어붙은 괴상한 촛대, 손님들이 벽에다 남긴 낙서까지 이곳의 분위기를 담아보려고 애썼습니다. 그런데 제목을 『밤의 인문학』이라고 하니까 "당신은 본업이 일러스트레이터라면서 그림이나 제대로 그리지 무슨, 인문학이 뭔지나 알고 지껄이느냐"라는 분도 있습니다. 물론 이런 분이 애써 신촌 뒷골목에 자리 잡은 이곳까지 찾아오지는 않겠지만 말입니다.

　서재를 둘러보다 무라카미 하루키가 쓴 『달리기를 말할 때 내가 하고 싶은 이야기』를 꺼냅니다. 책을 펼쳐 밑줄 친 데를 다시 훑어봅니다. 한 문장이 눈에 띕니다.

나의 본업은 소설가요. 내가 쓰는 에세이는 기본적으로 '맥주 회사가 만드는 우롱차' 같은 것이라고 생각합니다만, 세상에는 "나는 맥주를 못 마셔서 우롱차밖에 안 마셔" 하는 사람도 많으니 물론 적당히 쓸 수는 없죠.

_무라카미 하루키, 임홍빈 옮김, 문학사상사, 2009년 출간

하루키는 마치 '일러스트레이터가 인문학을 말하면 어때, 다 그런 거지 뭐'라고 격려해주는 듯합니다. 가끔 책을 읽을 때마다 제가 굳이 새로운 글을 쓸 필요가 있을까라는 생각이 듭니다. 그래도 혼자 알고 있는 게 아까울 뿐입니다. 그래서 『밤의 인문학』을 무대로 멋진 작가들의 멋진 생각을 전해주고 싶습니다. 집배원처럼 작가와 문장, 이야기 들을 배달해 드리고 싶습니다. 딱딱한 강의 대신 맥주잔을 부딪치며 오손도손 이야기 나누고 싶습니다. 누가 빨갛고 누가 하얗더라는 이야기 대신, 부동산과 재테크 대신, 글로 사람을 만나게 해주는 책과 인문의 바다에서 여러분과 마음껏 허우적거리고 싶습니다.

수요일 저녁이 되면 미리 바에 가서 가장 큰 테이블을 먼저 차지합니다. 오늘은 어떤 이야기를 나눌지 떠올려봅니다. 친구가 된 더빠 사장님은 손님을 맞기 위해 생맥주 통을 새것으로 갈아 끼웁니다. 테이블마다 새 양초를 꽂고 불을 붙입니다. 전 하이네켄을 홀짝거리면서 누군지 모를 새 친구들을 기다립니다. 여러분들도 이 밤을 함께하시지 않겠습니까?

밤 의 인 문 학
첫 번 째 밤

맥주

맥주가 주는 영감에
대하여

Beer is proof that
God loves us and wants us
to be happy...

『HOT』 밥장, 리더스컴, 2007년 출간
『오블라디 오블라다 인생은 브래지어 위를 흐른다』 무라카미 하루키, 김난주 옮김, 동문선, 1998년 출간
『강가의 아틀리에』 장욱진, 민음사, 1999년 출간

안녕하세요. 밥장입니다. 더빠에 오신 걸 환영합니다. 저 때문에 스마트폰 내비게이션까지 동원하여 신촌 뒷골목의 허름한 바에 오셨네요. 와보니 어떤가요? 뭐 이런 말도 안 되는 데에서……. 무슨 말씀인지 잘 알겠습니다. 여기는 제 단골집입니다. 8년 동안 거의 하루도 빠짐없이 들렀습니다. 생맥주를 홀짝거리면서 음악도 신청합니다. 더빠 사장님의 오빠가 이야기하면 알 만한 밴드의 리더이자 기타리스트라서 오디오에는 각별히 신경을 썼습니다. 여기서 마시거나 대신 계산한 생맥주를 쏟아부으면 동네 수영장의 어린이 풀 정도는 너끈히 채우지 않을까 싶습니다.

술기운이 오르고 수다가 무르익으면 일렉트릭 라이트 오케스트라의 「위싱(Wishing)」이나 콘 펑크 션의 「투 타이트(Too Tight)」를 신청합니다. 기분이 더 좋아지면 손님들과 함께 떼춤을 춥니다. 워낙 낯이 익어서 그런지 손님들이 마치 의자나 생맥주 탭처럼 꼭 있어야 할 실내 소품처럼 보입니다. 단골이라는 말은 '당골'에서 유래했다고 하죠. 당골이란 굿을 할 때 늘 정해놓고 불러다 쓰는 무당을 뜻합니다. 그래서인가요. 음악에 꽂히면 종종 접신의 경지에 이릅니다. 이미 폭스트롯 스텝을 자연스레 밟고 있는 저를 발견하고 흠칫 놀라기도 합니다.

더빠 사장님과 저에 대해 얘기하자면, 원래 더빠 사장님은 처음 여기 매니저였는데 사장님이 되었고 돈 없는 돌싱 손님이었던 저는 작가가 되어 지금 여러분 앞에서 서 있습니다.(웃음)

2005년, 전 여기서 그림을 배웠습니다. 병아리 적에 유치원 다니면서 엄마, 아빠 얼굴을 그렸습니다만 그림으로 나를 표현한다는 마음을 먹고 '의식적'으로 그림을 그린 건 처음이었습니다. 하지만 엽서만 한 종이에 유니볼 볼펜으로 손톱깎이와 녹즙기나 겨우 그릴 수 있었습니다. 더빠 사장님은 알고 보니 예고를 나와 대학에서 서양화를 전공했습니다. 제 그림을 하나씩 보면서 관심 어린 무관심으로 대해주었습니다. 그러고는 크게 그리고 많이 그려보라고 한마디 툭 던졌습니다. 벽돌로 뒤통수를 맞는 기분이었습니다(실제로 맞아본 적은 없습니다만). 그 뒤로 엽서를 버리고 A4 크기 종이에다 그렸습니다. 다양

한 색깔의 마커를 사서 색을 입혔습니다. 마치 임계량을 다 채운 원자처럼 사장님의 한마디에 제 그림은 한순간 탁 뛰어 올랐습니다. 운동장만큼 넓은 계단 한 칸에서 제자리걸음 하듯 걷다가 다음 계단으로 단번에 훌쩍 오르는 기분이었습니다. 사실 제 그림을 보고 진지하게 말 걸어준 사람은 사장님이 처음이었습니다. 덕분에 5년 뒤에는 가로 6미터, 세로 9미터짜리 그림도 아무렇지도 않게…… 라고 말하면 거짓말이지만 어쨌든 그릴 수 있게 되었습니다. 그래서 새 책이 나오거나 전시를 하게 되면 여기부터 찾습니다. 제 길잡이인 사장님이 있기 때문이죠. 오늘 으스름한 저녁부터 생맥주 한 잔 놓고 인문학을 안주로 홀짝거리게 된 것도 더빠 사장님과의 인연 덕분입니다. 2006년 제가 쓴 첫 번째 책 『비정규 아티스트의 홀로그림』이 나오자마자 선물로 드렸습니다. 그때 크게 그리고 많이 그리라고 충고해줘서 고맙다, 덕분에 여기까지 올 수 있었다며 제법 감동적인 말도 함께 건넸습니다. 그런데 사장님, 자기가 그런 말을 했는지조차 기억 못하더군요.(웃음)

화장실에 가보면 벽에 포스터 한 장이 걸려 있을 겁니다. 어제 와서 제가 직접 그렸습니다. 사장님한테 종이를 달라니까 맥주 상자 바닥에 깔려 있던 골판지 한 장을 빼주더군요(사장님, 너무 쿨해서 얼어 죽겠습니다). 규칙적으로 동그랗게 눌린 자국이 무슨 60년대 패턴 같았습니다. 포스터에 뭐라고 썼는지 보신 분 있나요?(조용) 싸느라고 몹시 바쁘셨나 봅니다. 맥주 거품 가득한 맥주잔을 그리고 그 위에다가 '맥주는 신이 우리를 사랑하고 우리가 행복해지길 바라는 증거다'라고 썼습니다. 벤저민 프랭클린의 말입니다.

인류 최고의 자유인 예수는 20대를 조용히 보내고 30대에 들어서 홀연히 세상에 등장하였습니다. 그리고 깜짝 놀랄 만한 기적을 연거 푸 보여주었습니다. 공식적인 첫 번째 기적은 가나 혼인 잔치의 기적 입니다. 예수는 어머니, 제자들과 함께 혼인 잔치에 초대됩니다. 손 님이 많이 모여서 그런지 포도주는 금세 떨어졌습니다. 어머니의 부 탁 아닌 부탁으로 예수는 여섯 개 돌항아리에 든 물을 최고급 포도주 로 바꾸었습니다. 어떤 학자는 그 당시 돌항아리 크기를 바탕으로 예 수가 '제조'한 포도주의 양이 200리터는 충분히 넘는다고 하였습니다. 또 어떤 학자는 예수 자신의 혼인 잔치였다고 주장하기도 합니다. 술 이 마냥 나쁘기만 하다면 예수께서도 분명 물이나 마시고 해장하라고 하셨을 겁니다. 포도주는 분명 예수가 우리를 사랑해서 주는 훈훈한 선물이었습니다. 그 자리에는 없었지만 맥주도 예수님 사랑의 별책부 록은 되지 않을까요?

맥주 하면 전 하이네켄이 먼저 떠오릅니다. 초록색 병에 새겨진 붉 은 별을 보면 심장이 두근거립니다. 입술이 유난히 도톰했던 옛 여자 친구가 떠오르기 때문이죠. 첫맛은 쓰고 뒷맛에 꿀맛이 납니다. (입술

그녀 때문에
하이네켄을 좋아하게 되었고,
코코 샤넬을 좋아하게 되었고,
만년필을 좋아하게 되었고,
도톰한 입술을 좋아하게 되었다.
그녀는 나의 흐수선.
내가 좋아하고 사랑하고
중독될 수 있는 최대한이다.

말씀인가요?) 하이네켄이 그렇습니다. 그래서인지 하이네켄을 마시면 무슨 말이라도 자꾸 하고 싶어집니다. 글도 쓰게 됩니다.

과거를 되새기는 건 참 미련한 짓이다. 처음엔 달콤하지만 언제나 씁쓸한 뒷맛을 남기며 현실을 더욱 구리게 만든다. 그녀 때문에 하이네켄을 좋아하게 되었고, 코코샤넬을 좋아하게 되었고, 만년필을 좋아하게 되었고, 도톰한 입술을 좋아하게 되었다. 이제 그녀는 나의 흘수선이다. 내가 좋아하고 사랑하고 중독될 수 있는 최대한이다.

_「HOT」에서

다시 '하이네켄' 하고 읽어보니 쌉싸름한 맥아 향이 문장 사이에 배어 있는 듯하네요. 하이네켄은 원산지가 어디일까요? 아시는 분 있나요? 네, 네덜란드죠. (이분에게 하이네켄 한 병 주고 저한테 달아두세요!) 하이네켄은 1864년 헤라르트 아드리안 하이네컨이라는 사람이 설립했고 본사는 암스테르담에 있습니다. 하이네켄 하면 빼놓을 수 없는 작가가 또 있습니다. 무라카미 하루키입니다.

영어는 그렇게 잘 하지 못하지만 외국에서 바에 들어가 무리없이 맥주를 주문하고 싶으신 분에게는 저의 오래고 귀중한 체험에 바탕하여 하이네켄 맥주를 강력하게 추천한다. 철자에 R도 L도 들어있지 않아 비교적 발음하기 쉬우므로 욕심 같아서는 제1음절에 액센트를 주어 '하이네켄'으로 발음하면 좋겠지만 그렇게까지 하지 않아도 충분히 통한다. 당신 앞으로 틀림없는 하이네켄 맥주가 나올 것이다. 분명. 아마. 반드시.

_『오블라디 오블라다 인생은 브래지어 위를 흐른다』에서

작가들은 별 볼 일 없는 일상에 이름을 붙여줍니다. 역사가 그리 오래되지 않은 초록색 병맥주가 하루키 덕분에 더욱 매력적으로 보입니다. 물론 하루키보다 챔피언스 리그 로고송이 먼저 떠오르는 분도 있겠지만 말이죠(이 사연이 궁금하신 여자 분들은 유튜브에서 하이네켄 소셜 마케팅 챔피언스 리그 영상을 찾아보세요). 적어도 제겐 하이네켄은 단순한 맥주가 아닙니다. 기억을 떠올리게 하고 글을 쓰게 만들고 그림까지 그리게 만듭니다. 「흘수선」이란 작품도 따지고 보면 맥주 덕분입니다.

하루키는 맥주를 정말 좋아하나 봅니다. 어떤 독자가 자기소개서를 잘 쓰는 방법을 하루키에게 물어보았습니다. 그는 맥주 이야기를 하다가 느닷없이 굴튀김 이야기를 꺼냅니다. 하루키의 『잡문집』에서 읽은 굴튀김 이야기는 정말 맛있습니다. 먹어보지 않아도 고소한 기름 냄새와 굴의 비릿한 맛이 입안에 맴돕니다. 굴튀김이라는 안주

로 자기소개까지 할 수 있는 사람, 또 이렇게 글을 쓰라고 이야기하는
사람. 참 대단합니다. 그는 늘 이렇습니다. 아무렇지 않게 툭 던지는
데 맞는 사람은 피멍이 듭니다. 가령 차를 좋아한다면서 자기는 알파
로메오와 오픈카를 탄다는 식이죠. 이 정도는 당연히 타야 하는 거 아
니야?(웃음)

제가 좋아하는 화가 중에 진짜 술꾼이 두 명 있습니다. 두 분 다 돌
아가셨는데 아마 술 때문인지 모르겠습니다. 장욱진과 프랜시스 베이
컨입니다.

> 산다는 것은 소모하는 것, 나는 내 몸과 마음과 모든 것을 죽는 날까지
> 그림을 위해 다 써버려야겠다. 남는 시간은 술로 휴식하면서. 내가 오로
> 지 확실하게 알고 믿는 것은 이것뿐이다.
>
> _『강가의 아틀리에』에서

장욱진은 술을 마시고 또 마셨습니다. 몸이 더 이상 못 견디고 쓰
러지기 직전, 기운이 다 빠져나갈 때야 비로소 텅 빈 몸속 어딘가에서
생각과 아이디어, 이미지가 떠오른다고 하였습니다. 죽을 때까지 마
시고 그림 그리고 병원에 입원하고, 퇴원해서 또다시 마시고…… 이
런 생활을 반복하였습니다. 그는 사람이란 어차피 지우개와 같아서
쓰면 쓸수록 닳아 없어진다, 또 닳아 없어지는 게 존재 이유인데 아껴

서 무엇하리. 그러면서 또 술을 들이켰습니다. 이런 남편을 둔 아내는 속이 터지겠죠. 말이나 못하면 밉지나 않지. 그래도 일흔네 살까지 사신 걸 보면 아마 집채만 한 크기의 지우개였던 모양입니다.

우리나라에 장욱진이라는 술꾼 화가가 있었다면 영국에는 프랜시스 베이컨이 떡 버티고 있습니다. 그는 매일 저녁 이상한 친구들과 어울려 소호에서 술을 퍼마셨습니다. 하지만 전날 얼마나 퍼마셨던 간에 매일 아침 여섯시부터 오후 두시까지는 그림을 그렸습니다. 그는 숙취를 예술적 재료로 활용하였다고 합니다. 기괴하게 뒤틀어진 작품을 보면 속 쓰림과 울렁거림이 그대로 전해집니다. 그는 그렇게 마시고도 여든세 살까지 살았습니다. 하지만 그의 술친구들은 쉰 살도 채 못 넘기고 죽었습니다.

맥주는 신이 우리를 사랑해서 만들어준 선물이니만큼 귀하게 여기고 오래오래 마셔야 되겠죠. 그러려면 더빠가 오래 남아 있어야 하고 제 친구들도 오래 살아야 합니다. 또 간도 끝까지 버텨줘야 하겠지요. 다행히 전 술이 세지 않습니다. 어느 정도 마시면 몸이 먼저 "그만 마셔라"라고 말해줍니다. 오늘 새벽까지 마셔 속이 울렁거리고 머리는 깨질 것 같다가도 해가 떨어지면 시원한 맥주 한 잔이 생각이 납니다. 방금 전까지 숙취 때문에 죽을 것 같았는데 말이죠. 과연 신의 선물은 늘 한 수 위입니다.

"진짜 맛있는 차는 다른 사람이 타주는 차"라는 말이 있습니다. 그럼 진짜 맛있는 맥주는 어떤 맥주일까요? 하루키는 마라톤을 달리면서 절실하게 상상했던 맥주만큼 맛있는 맥주는 세상에 없다고 딱 잘라 말합니다. 상상의 맛을 뛰어넘는 음식은 없나 봅니다.

한 가지 더. 맥주를 마신다고 살이 찌는 건 아닙니다. 맥주에도 칼로리가 있긴 하지만 체내에 쌓이지 않고 에너지로 모두 배출됩니다. 다만 맥주를 마시면 식욕이 늘어나서 안줏발이 세집니다. 살쪘다고 안주 없이 맥주만 들이켜면 간이 끝장나겠죠. 자, 이제부터 수다는 저랑 떨고 안주는 사장님에게 시키고 계산은 여러분이 하시면 됩니다.

산다는 것은 소모하는 것.
나는 내 몸과 마음과 모든 것을 죽는 날까지 그림을 위해 다 써버려야겠다.
남는 시간은 술로 휴식하면서.
내가 오로지 확실하게 알고 믿는 것은 이것뿐이다.
_『강가의 아틀리에』에서

맥주의 뒷맛

첫 번째 밤의 인문학은 무척 요란했습니다.
맥주 이야기에 너무 흠뻑 빠졌는지 아는 동생은 떡이 되어
바닥에 늘어붙었습니다. 떡은 사람이 될 수 없어도 사람은 떡이 될 수
있습니다. 더빠에서 처음 만난 상담치료사라는 분이 친절하게 차로
집까지 데려다주었습니다. 행사가 끝나자 소매에는 토사물이 묻었고
바에는 휴대전화 두 개와 지갑과 가방이 남아 있었습니다. 외투까지
벗어놓고 간 분도 있고 계산을 깜박하신 분도 있더군요. 하는 수 없이
대신 계산하고 놓고 간 물건도 다음 날 모두 찾아주었습니다.
떡이 되었던 동생도 사람으로 되돌아왔습니다.
며칠 뒤 바에 다시 가보니 화장실에 붙여놓은 포스터에 누군가
낙서를 해놨더군요. 맥주는 '하데스' 신이 준 선물이라고 말이죠.

밤의 인문학
두번째 밤

아마추어

심심풀이 땅콩의
위대함에 대하여

『낭만적인 고고학 산책』 C. W. 세람, 안경숙 옮김, 대원사, 2002년 출간
『팡세』 블레즈 파스칼, 방곤 옮김, 신원, 2003년 출간

오늘 밤은 제 이야기부터 해볼까 합니다. 아시다시피 저는 일러스트레이터입니다. 그림으로 먹고삽니다. 미술대학을 나오거나 학원을 다니지도 않았습니다. 인문계 고등학교를 졸업하고 대학에서 경제학을 전공했습니다. 10년간 대기업의 회사원으로 지내다가 서른다섯에 '나홀로 그림'을 그리기 시작했습니다. 어찌 보면 비전공자인 셈이죠. 이렇게 말씀드리면 어릴 때부터 그림에 소질이 있지 않았느냐고 물어봅니다. 배우지도 않았는데 그림으로 먹고사는 게 도무지 납득이 되지 않나 봅니다.

서른다섯 되던 해인 2005년으로 되돌아가봅니다. 지금은 판타스틱 써티파이브, 인생의 터닝포인트로 여깁니다. 하지만 당시에는 심해로 가라앉는 고장 난 잠수함을 탄 기분이었습니다. 3년 전부터 시작했던

웹사이트 만드는 일은 지지부진했고 아내와도 이혼했습니다. 무엇보다 돈이 없었습니다. 돈이라는 게 참 웃깁니다. 지갑에 10만 원이 있으면 친구더러 밥 사라고 당당하게 말할 수 있습니다. 그런데 돈이 없으면 빚을 내서라도 내가 사게 됩니다. 그래서 바쁘다는 핑계로 오피스텔에 처박혀 지냈습니다. 통장 잔고와 자존심은 사이좋게 바닥을 쳤습니다. 그럴수록 시간은 넘쳐났습니다.

심심하면 무언가 끼적거리게 됩니다. 어느 날 엽서만 한 종이를 꺼내 손톱깎이를 그렸습니다. 다 그리고 나니 종이 위 손톱깎이가 날 토닥토닥 위로하는 게 아니겠습니까? 무척 신기한 경험이었습니다. 그 뒤로 휴대전화, 텔레비전, 녹즙기, 참 크래커까지 주위에 있는 물건을 닥치는 대로 그렸습니다. 영화 「중경삼림」에서 양조위가 비누와 걸레를 보고 속삭이는 장면이 더 이상 남의 이야기가 아니었습니다. 사물과의 대화, 내 안에 존재하는 두 개의 나. 이 모습을 정신과 의사가 보았다면 아마 정신분열증 초기 환자로 여겼을 겁니다.

심심풀이로 시작했지만 그림 그리기는 정말 끝내주게 재미있었습니다. 심심풀이라는 건 그 자체로도 무척 대단했습니다. 파스칼은 『팡세』에서 심심풀이에 대해 꽤 길게 이야기하였습니다.

파스칼의 『팡세』. "인간은 생각하는 갈대다" "클레오파트라의 코가 조금만 낮았더라면 세계는 달라졌을 것이다" 다들 잘 아시죠. 모두 『팡세』에 실려 있는 유명한 문장입니다. 하지만 끝까지 읽어보신 분

계십니까? (조용)『팡세』는 비틀스의 노래「Yesterday」랑 닮았습니다. 누구나 아는 노래죠. 한번 다같이 불러볼까요? "Yesterday all my troubles seemed so far away~" 그 다음부터는 허밍으로 부르게 되죠. (웃음)

파스칼은 우리가 지독한 슬픔에 빠져 있더라도 심심풀이에 빠져 있는 동안은 행복하다, 만약 심심풀이가 없다면 아무리 행복한 사람이라도 권태를 느끼거나 다른 걱정거리에 빠지게 된다, 결국 우울증에 걸리거나 불행해질 것이라고 했습니다. 저도 마찬가지였습니다. 잠수함 승무원들이 레몬을 코에 갖다대고 킁킁거리며 심해의 공포를 이겨내듯 말이죠. 게다가 저는 혼자만 즐기는 게 아까워 틈나는 대로 친구들에게 그림을 보여주었습니다. 그런데 돌아오는 대답은 딱 두 가지였습니다.

"되겠냐?"

이 말 속에는, '그림 좀 그린다는 친구들은 예중, 예고를 거쳐 미대를 나와. 심지어 유학도 다녀와요. 그래도 먹고살까 말까 하는 게 우리나라 미술계예요. 그런데 서른다섯에 녹즙기나 끼적거려서 언제 성공하겠냐. 에이그'라는 말이 녹아 있었습니다. 또 하나는,

"……"

대놓고 무시하였습니다. '그래도 내가 너보다는 잘산다. 한 명 제쳤네. 행복하려면 역시 나보다 불행한 녀석을 봐야 된다니까.' 뭐 이런 식이었습니다.

하지만 저처럼 초보자가 전문가 못지않은 성과를 내는 일은 의외로 많습니다. 아마추어라는 말은 '무엇인가를 열렬히 사랑하는 사람'이라는 뜻의 라틴어 '아마토르(Amator)'에서 나왔습니다. 푹 빠져 있는 사람에겐 열정이 있기 마련입니다. 또 열정이 커지면 언젠가 대형 사고를 치기 마련입니다. 『낭만적인 고고학 산책』의 지은이 세람은 최고로 위대한 업적을 이룬 사람은 언제나 아마추어들이었다고 잘라 말했습니다. 『낭만적인 고고학 산책』에는 탐험과 발굴에 미친 아마추어들이 고고학의 역사를 바꾼 대형 사고들로 넘쳐납니다. 트로이의 유적을 발굴한 하인리히 슐리만은 호메로스의 이야기를 철석같이 믿던 상인이었습니다. 메소포타미아에서 발견된 설형문자를 처음으로 해독한 그로테펜트는 시립학교의 조교사였습니다. 세람 역시 전문적인 고고학자가 아니라 신문기자 출신의 연극비평가로 이 책을 썼습니다. 그런데도 1949년 출판된 뒤 26개 언어로 번역되어 고고학 책의 고전으로 지금까지 읽히고 있습니다.

파스칼은 인생에 가장 중요한 것은 직업 선택이라고 하였습니다. 그런데 직업 선택은 우연이 좌우하고 우연은 또 제2의 천성인 습관에 따라 달라진다고 하였습니다. 심심풀이도 습관이 되면 직업이 될 수 있습니다. 그러면 인생이 바뀝니다. 저도 그림을 좀 더 그리고 싶어서 웹사이트 만드는 일을 조금씩 줄여나갔습니다. 그러다가 2007년부터는 아예 그림만 그리며 살게 되었습니다. 심심풀이가 3년 만에 직업이 되었습니다. 일러스트레이터가 되고 이름이 알려질수록 그림은 태어날 때부터 갖고 있던 재능으로 둔갑했습니다. 그 뒤로 친구들의 반응도 싹 바뀌었습니다.

"내 이럴 줄 알았다. 넌 **어릴 때부터** 재능이 있었다니까!"

진작 좀 말해주지. "그러면 대학에서 어려운 경제학 공부 안 해도 됐잖아"라고 시큰둥하게 대답해버립니다. 앞으로 여러분이 어떻게 될지 궁금하다면 친구들에게 물어보세요. 물론 뭐라도 되고 나서요. (웃음) 소크라테스는 '네 자신을 알라'라고 하였습니다. 소크라테스가 한 말은 원래 델피 신전의 입구에 쓰여 있던 문구였습니다. 그 뒤에는 '그럼으로써 네가 신을 인식한다'라는 말이 덧붙어 있었습니다. 즉, 내 자신을 알아야 신과 세상도 알게 된다는 뜻입니다.

그런데 한 사람의 인생도 어떤 시간을 골라 뚝 잘라 들여다보느냐에 따라 전혀 달라집니다. 2005년에 바닥을 치던 저와 2012년 이 무대에 선 제 모습은 몹시 다릅니다. 그런데 시간은 이런 거 저런 거 따질 여유를 주지 않습니다. 누구의 사정도 봐주지 않고 언제나 냉정하게 흐릅니다. 앞서 말씀드렸듯이 재능도 결국 과거에서 비롯한 게 아니라 마지막 현재를 설명하는 단어에 불과합니다. 마지막 평가는 진짜 마지막 현재, 죽음과 맞닥뜨리는 순간에나 할 수 있습니다. 그 전에 내 자신을 알려면 그저 지금을 있는 대로 꽉 붙잡는 수밖에 없습니다.

역사에 남는 위인들이라고 크게 다르지 않습니다. 그 사람들은 야심에 끌려다니거나 자신만의 귀신에 씐 채 일상의 행복을 스스로 거부했습니다. 스티브 잡스는 다른 사람의 생각의 결과인 편견에 사로잡히지 말라고 했습니다. 물론 이 말을 따르는 것도 어찌 보면 그가 경계했던 다른 사람의 생각에 사로잡히는 일일지도 모르겠지만요.

생각하는 대로 살지 않으면 사는 대로 생각하게 된다는 말이 있습니다. 심심풀이로 시간을 보낸 만큼 심심풀이처럼 살게 됩니다. 이제부터라도 나는 어떤 걸로 권태를 이겨나갈지, 나만의 심심풀이 땅콩은 무엇인지 두 눈 크게 뜨고 살펴보세요. 그러면 내 자신을 볼 수 있습니다. 덤으로 신도 알게 됩니다. 혹시 압니까? 오늘 하루 종일 스마트폰에서 빵빵 터뜨린 애니팡 동물들 안에 세상을 구원하는 신이 깃들어 있을지.

이제 『팡세』로 다시 돌아가보겠습니다. 파스칼은 심심풀이에 대해
이렇게 마무리합니다.

우리를 비참함에서 위로하는 유일한 것은 심심풀이이다. 그런데 심심풀
이야말로 우리의 비참 중에 가장 비참한 것이다. 왜냐하면 심심풀이는
무엇보다도 우리가 자기 자신을 생각하는 것을 방해하고, 자신도 깨닫
지 못하는 사이에 우리를 멸망시키기 때문이다. 심심풀이가 없으면 우
리는 권태로워질 것이고 이 권태는 우리로 하여금 거기서 벗어날 수 있
는 가장 확실한 방법을 탐구하게 할 것이다. 그러나 심심풀이는 우리를
즐겁게 해주기 때문에 자기도 모르는 사이에 죽음에 이르게 한다.

_『팡세』에서

우리는 늘 바쁩니다. 왜 바쁜지도 모른 채 바쁩니다. 바쁜 게 곧 삶
의 의미고 구원이라고 여깁니다. 하지만 자세히 들여다보면 참 한심하
죠. 한 가지 일에 빠져 정신과 육체를 혹사시키거나 어디에 쓸지도 모
른 채 평생 준비하고 삽니다. 그리고 잠깐씩 주어지는 시간마저 어이
없는 심심풀이로 때우고 맙니다. 우리는 행복을 담보로 이러지도 저러
지도 못한 채 우물쭈물하다가 시간을 다 보내는 게 아닐까요? 하지만
자신만의 진짜 심심풀이 땅콩은 위대합니다. 왜냐하면 우리 인생이 얼
마나 덧없는지 이렇게 재미나게 보여주는 건 딱히 없으니까요.

우리는 늘 바쁩니다. 왜 바쁜지도 모른 채 바쁩니다.
바쁜 게 곧 삶의 의미이고 구원이라고 여깁니다.
한 가지 일에 빠져 정신와 육체를 혹사시키거나
어디에 쓸지도 모른 채 평생 준비하고 삽니다.
그리고 잠깐씩 주어지는 시간마저 어이없는 심심풀이로
때우고 맙니다.

아저씨는 슬퍼요

대학 동창들과 한 번씩 모이면 큰 테이블로 가서 맥주를 마십니다.
한창 수다를 떨다 보면 정말 아저씨스러운 이야기만 골라서 한다는
기분이 듭니다. 상조회는 어떻게 구성할지, 회비는 어떻게 모을지,
화환을 보낼지 아니면 조기를 만들지 고민합니다. 아저씨가 된다는
건 달리 말하면 불행에 익숙해진다는 뜻이 아닐까 싶습니다. 조부모
문상은 기본이고 부모나 친구의 장례까지도 매끄럽게 대처하고
있으니 말이죠.
만나면 으레 직함이 바뀐 명함을 서로 건넵니다. 훌쩍 자란 딸내미
사진을 보면서 함께 흐뭇해하고, 와이셔츠 단추를 몇 개 풀어헤치고
담배를 뻑뻑 피웁니다. 지금 대학생이 우리 나이의 절반밖에 되지
않는다는 사실을 깜빡깜빡하면서 우리가 대학 다닐 적 이야기를 벌써
몇 년째 우려먹습니다. 세련됨과 품격은 여전히 낯설고 그저 불행에만
익숙해져갑니다. 함께 홀짝거리다 보면 시간은 마치 미지근한 물처럼
손가락 사이를 빠져나갑니다. 그리고 지하철이 끊기는 시간에 맞춰
알아서 집으로 돌아갑니다.

밤의 인문학
세 번째 밤

사치품

사치품의
상대성원리에 대하여

一點豪華主義

『뉴욕의 상삐』 장 자크 상삐, 허지은 옮김, 미메시스, 2012년 출간
『책을 버리고 거리로 나가자』 데라야마 슈지, 김성기 옮김, 이마고, 2005년 출간
『수집 미학』 박영택, 마음산책, 2012년 출간

책을 읽을 때마다 이젠 '수요밥장무대'가 떠오릅니다. 다음에는 무슨 이야기를 할까, 혹시 건질 만한 게 있을까 해서 마치 과일박쥐처럼 책을 쪽쪽 빨아댑니다. 그러던 중에 『뉴욕의 상뻬』를 읽었습니다. 장 자크 상뻬는 프랑스 출신 일러스트레이터이자 작가입니다. 1932년에 태어났으니 여든이 넘었습니다. 그는 1960년에 출간한 『꼬마 니콜라』로 크게 성공을 거둡니다. 1978년부터는 『뉴요커』 표지를 그리면서 뉴욕으로 진출합니다. 그 뒤로 무려 30년 동안 표지를 그렸습니다(상뻬도 상뻬지만 30년 동안 일을 맡긴 클라이언트가 더 대단합니다. 저도 이런 클라이언트라면 떠받들어 모시고 싶습니다). 『뉴욕의 상뻬』에는 1978년부터 2009년까지 그가 그린 『뉴요커』 표지 그림들이 담겨 있습니다.

그는 펜으로 그리고 붓에 물감을 찍어 종이에 직접 그렸습니다. 그래서 어떤 작품은 물감을 지우느라 하도 문질러대서 종이가 다 일어났습니다. 그림도 그림이지만 이 책의 백미는 상뻬의 인터뷰입니다. 프랑스인으로서 말도 통하지 않는 뉴욕에서 재능 하나로 먹고사는 게 어떤 건지 생생하게 들려줍니다. 인터뷰를 읽으면서 오늘 말씀드릴 이야기를 건졌습니다. 바로 '사치품'입니다. 상뻬는 자신의 그림은 풍자화이며 사치품이라고 합니다. 그러면서 사치품은 '꼭 필요하다'고 합니다.

상뻬: 내가 보기에 풍자화가들은 왕족입니다. 고귀함 그 자체죠.

질문: 그림을 그린다는 것은 타인들이 더 잘 살 수 있도록 도와주는 일이라고 생각합니까?

상뻬: 포도주 따개를 발명한 사람이나, 의자를 발명한 사람이나, 망치를 발명한 사람이나, 못을 발명한 사람이나, 다들 자신도 모르게 타인들이 더 잘 살 수 있게 기여를 한 사람들 아니겠습니까?

질문: 맞습니다. 그렇지만 풍자화에는 그런 것들과 비슷한 실용적인 기능은 없지요.

상뻬: 그렇습니다. 그래서 내가 풍자화를 사치품이라고 말하는 것입니다. 사람들은 사치품 없이 살 수 없어요. 산다고 해도 재미없게 살게 되지요. 사치품은 무지개입니다. 항상 비가 내리는 브르타뉴 지방에서 산다고 해봅시다. 살기야 살죠. 하지만 하늘에 뜬 작은 무지개를

보면 기분이 한결 좋아지겠지요.

질문: 그러니까 풍자화는 무지개와 같다?

상뻬: 그렇네요! 물론 잘 그렸을 때 그렇다는 말이지만!

_『뉴욕의 상뻬』에서

그는 사치품을 무지개에 비유합니다. 곧이어 무지개라는 게 현실을 도피하게 해주는 건지 아니면 삶에 직접 영향을 주는 건지 질문을 받습니다. 그는 뭐라고 대답했을까요? 궁금하다면 『뉴욕의 상뻬』를 직접 읽어보세요.

제 대학 동창 중에는 포르쉐를 파는 친구가 있습니다. 몇 년 전 송년회를 하며 저녁을 함께 먹는데 우리나라에서 누가 포르쉐를 사는지에 대한 이야기가 나왔습니다. 덴젤 워싱턴을 닮은 친구 녀석은 대답 대신 너희들 생각에는 누가 살 것 같으냐며 되물었습니다. 그야 돈 많은 사람이 사는 거 아니냐고 했더니 씨익 웃으며 고개를 저었습니다. 그러고는,

"포르쉐는 돈 많은 사람이 사는 게 아니야. 포르쉐를 **좋아하는 사람**이 산다고."

하긴 사진기자인 후배도 얼마 전 포르쉐를 한 대 뽑았습니다. 하지

만 결코 돈이 많지는 않습니다. 아내가 포르쉐 마니아여서 집을 담보로 대출받아 샀다더군요. 포르쉐를 사는 대신 자기가 두카티를 몰고 다니는 것에 대해서 뭐라 않기로 합의했다나 뭐라나. 아무튼 이 부부는 서로(라기보다는 각자 포르쉐와 두카티)를 몹시 사랑하나 봅니다(만약 저라면 아무리 돈이 많아도 포르쉐는 사지 않았을 겁니다. 메르세데스 벤츠라면 모를까). 생각해볼수록 덴젤 워싱턴의 말이 맞는 것 같습니다. 돈보다는 '라이프스타일'이 먼저입니다.

흔히 쓰는 '라이프스타일'이란 말은 마케팅에서 나왔습니다. 앞에서도 잠깐 말했지만, 저는 그림을 그리기 전에는 10년간 회사에서 신규 사업 기획과 마케팅 일을 하였습니다. 그래서 파워포인트 제안서를 누구 못지않게 잘 만듭니다. 엑셀로 간단한 함수도 짤 수 있습니다. 마케팅을 하면서 배운 라이프스타일이란 말은 '돈이나 시간을 쓰면서 살아가는 방식'이었습니다.

이 말이 무슨 뜻인지 서로 다른 라이프스타일을 비교해보면 금방 알 수 있습니다. 먼저 데라야마 슈지라는 작가를 예로 들겠습니다. 그는 시, 소설, 평론, 에세이, 영화, 사진 등 다양한 장르에 걸쳐 활동한 전위적인 작가입니다. 1935년에 태어나 마흔아홉의 나이에 요절했습니다. 그의 삶을 한마디로 설명하자면 '도발'입니다. 그가 쓴 『책을 버리고 거리로 나가자』를 저는 2005년 1월에 처음 읽었습니다. 마침 하던 일을 접고 막 그림을 시작할 때여서 더욱 와 닿았습니다. 이 책은

데라야마 슈지의 생각과 라이프스타일로 가득 차 있습니다. 그는 시
인답게 자신의 독특한 라이프스타일을 '일점호화주의'란 새로운 말로
압축합니다.

이럴 때 우리는 일점호화주의(一點豪華主義)에 대해 생각하게 된다. 잠
이야 담요 한 장으로 다리 밑에서 자도 상관없으니 일단은 원하는 스포
츠카부터 사고 보자. 사흘 동안을 빵과 우유 한 병으로 때운 뒤, 나흘
째는 레스토랑에 간다. 돈을 평범하게 사용할 때 얻게 마련인, 균형 잡
힌 매너리즘과 가능성이라는 지평을 깨부술 수 있는 것은 이러한 일점
호화주의밖에 없으리라.
월급을 양복이나 아파트, 식사 등에 일정하게 배분한다면 우리도 금방
'거북이' 무리에 들어가게 된다. 그러지 말고 자기 존재 중 쏟아부을 만
한 가치가 충분하다고 여겨지는 한 점(一點)을 골라 그곳에 경제력을 집
중시키는 것이다. 아버지는 양복파나 미식가, 스포츠광과 같은 젊은이
들을 한심한 놈으로 여기겠지만, 사실 이렇게 경험을 축적해 나가는 것
은 지극히 사상적인 행위이다.

나는 이미 오래전부터 일점호화주의론자였다. 바퀴벌레가 기어 다니는
비좁은 아파트에서 살지만 식사만은 근사한 레스토랑에 가서 등심 스테
이크를 먹으며, 옷이라고는 지저분한 낡은 양복 한 벌밖에 없으면서 스

포츠카는 로터스 엘란을 갖고 있다. 눈이나 입은 작지만 코만큼은 큼직
하다.

그런 일점호화주의를 지향하지 않는 한 우리 시대에는 아무것도 손에
쥘 수 없다.

_『책을 버리고 거리로 나가자』에서

저도 그림으로 돈을 벌면서 돈을 쓰는 방식이 많이 달라졌습니다.
나만의 무지개, 나만의 사치품을 하나씩 끌어모았습니다. 맨 처음 티
볼리 오디오를 작업실에 들여놓았습니다. 하루 종일 그림 그린다고
고생하는 엉덩이를 위해 허먼 밀러의 에어론 체어도 샀습니다. 흔한
짝퉁 대신 아르테미데의 톨로메오 스탠드 아래서 그림을 그립니다.
내 그림은 소중하니까요. 그리고 서재에는 가리모쿠60의 초록색 복각
의자가 놓여 있습니다. 로터스 엘란이나 포르쉐는 아니지만 메르세데
스 벤츠의 SUV도 차고에 들여놓았습니다. 집이나 부동산 대신 이런
것들에 꽂히는 걸 보면 저도 틀림없는 일점호화주의론자인가 봅니다.
   미술평론가인 박영택은 『수집 미학』에서 '책과 문구류와 이런저런
깜찍한 것들'과 함께 생애를 소진시킨다고 합니다. 독일제 물소뿔 안
경, 아베다 블루 오일, 라이카 카메라, 네팔제 빗자루, 몽블랑 만년
필, 파버카스텔 연필, 티베트 종, 제주도 동자석까지. 책 앞머리에 적
어둔 목록만 봐도 어떤 사람인지 대충 짐작이 갑니다. 그분도 저처럼

저는 그림으로 돈을 벌면서
돈을 쓰는 방식이 많이 달라졌습니다.
나만의 무지개, 나만의 사치품을 하나씩 끌어모았습니다.
하루종일 그림 그린다고 고생하는 엉덩이를 위해 허먼 밀러의
에어론 체어도 샀습니다. 흔한 짝퉁 대신 아르테미데의 톨로메오 스탠드 아래에서
그림을 그립니다.

티볼리 라디오와 몽블랑 명함 지갑을 갖고 있더군요. 저랑 똑같은 물건을 좋아하면 왠지 잘 통할 것 같은 기분이 듭니다. 하지만 나이키 와플을 신는다고 해서 조금 멀어졌습니다. 왜냐하면 저는 늘 아디다스이니까요.

얼마나 더 살지는 도저히 가늠할 수 없지만 사는 동안 나의 소원이 있다면, 꿈이 있다면 첫째는 그동안 사 모은 책을 다 읽고 죽는 것, 둘째는 역시 수집해놓은 CD 음반을 반복해서 다 듣고 가는 것, 셋째가 이렇게나 많은 필기구와 수첩, 노트를 죄다 쓰고 죽는 것이다. 그 외에 어떠한 소원도, 희망도, 꿈도 가진 적이 없다.

그나마 내가 욕망하는 것이라면 마음에 드는 물건을 구입하고 완상하는 것이고, 책과 음반, 그림, 골동을 사들이고 문구류를 계속 모으는 일이다.

_『수집 미학』에서

소원이란 게 고작(?) 필기구를 다 쓰고 죽고 싶다? 하지만 내 시간과 돈을 이렇게 쓰며 살고 싶다는데 딱히 할 말은 없습니다. 10대 소년에게 플레이스테이션은 최고의 재산이지만 어머니에게는 쓰잘 데 없는 물건일 따름입니다. 이런 게 라이프스타일입니다.

가방만 보더라도 남자와 여자는 확실히 다릅니다. 남자는 주머니에 다 못 넣으니까 할 수 없이 가방을 들고 다닙니다. 들어 있는 물건들도 뻔합니다. 하지만 여자는 다릅니다. 여자의 핸드백에서 병코돌고래가 튀어나온다고 해도 이젠 그리 놀랍지 않습니다. 남자인 저는 도저히 상상할 수 없는 것들이 나오는 걸 하도 많이 봤기 때문입니다. 여담이지만 여자에게 가방이란 마음이자 육체의 일부입니다. 그래서 여자에게 가방을 선물하는 건 콩팥이나 심장을 떼어주는 장기이식과 다름없습니다. 만약 여자친구나 아내가 나한테도 췌장 같은 가방을 사달라고 조른다면 점잖게 말씀하시길. 장기는 사고파는 게 아니라고 말입니다.

사치품이란 결국 상대적인 것입니다. 60억 명의 사람들에게는 60억 개의 라이프스타일이 있기 마련입니다.

당신의 사치품은 무엇입니까?
당신의 무지개는 무엇입니까?
그리고 당신만의 일점호화주의는 무엇입니까?

나는 이미 오래전부터
일점호화주의론자였다.
바퀴벌레가 기어 다니는 비좁은 아파트에서
살지만 식사만은 근사한 레스토랑에 가서
등심 스테이크를 먹으며, 옷이라고는 지저분한
낡은 양복 한 벌밖에 없으면서
스포츠카는 로터스 엘란을 갖고 있다.
그런 일점호화주의를 지향하지 않는 한
우리 시대에는 아무것도 손에 쥘 수 없다.

_『책을 버리고 거리로 나가자』에서

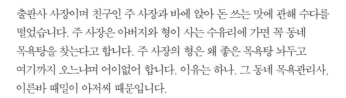

돈 쓰는 맛

출판사 사장이며 친구인 주 사장과 바에 앉아 돈 쓰는 맛에 관해 수다를
떨었습니다. 주 사장은 아버지와 형이 사는 수유리에 가면 꼭 동네
목욕탕을 찾는다고 합니다. 주 사장의 형은 왜 좋은 목욕탕 놔두고
여기까지 오느냐며 어이없어 합니다. 이유는 하나. 그 동네 목욕관리사,
이른바 때밀이 아저씨 때문입니다.

"목욕탕 간이 침대에 누우면 먼저 수건으로 눈과 머리를 감싸며 마사지
해줘. 그리고 내 손이 닿지 않는 부위까지 몸 전체를 몇 번이나 반복해서
세심하게 때를 밀어주지. 등을 밀고 나서는 맨소래담을 펴 바른 뒤 톡
톡 톡 가볍게 마사지를 해줘. 이렇게 해줘도 되나 싶어 알몸으로 가만히
누워 있는 게 미안할 정도라니까. 이어 비누칠하고 물을 좍좍 끼얹으며
마무리하지. 목욕비 4,500원에 때 미는 데 10,000원. 14,500원이 전혀
아깝지 않은 거야. 탕도 하나밖에 없고 샤워 꼭지는 하도 오래돼서 다
뭉개져 있어. 벽에 걸린 거울도 뿌옇게 바랬고. 심지어 손님이 와도
그다지 반가워하지도 않아. 겉으로 봐서는 보잘 것 없는데 목욕관리사
손맛 하나는 일품이거든. 돈 쓰는 맛이 절로 나지."

그러고는 이제껏 자기가 좋아하는 일만 벌여왔는데 앞으로는 다른
사람에게 돈 쓰는 맛이 들게끔 하는 일도 해보고 싶다며 남은 맥주를
들이켰습니다. 그래서 저는 수유리 목욕탕을 인수해서 때밀이
아저씨에게 금 팬티를 입혀보면 어떻겠느냐고 조언해주었습니다.

밤의 인문학
네 번째 밤

늙는다는 것

젊음을 바라보는
아련한 눈빛에 대하여

『은교』 박범신, 문학동네, 2010년 출간
『싱글맨』 크리스토퍼 이셔우드, 조동섭 옮김, 그책, 2009년 출간

오늘 밤에는 새로운 분들이 오셨습니다. 신문기자, 지구과학 중등 교과서를 만드는 분, 어린이 옷 디자이너, 의학서 일러스트레이터까지 오셨네요. 이러다 '수요밥장무대'가 「수요예술무대」처럼 문화 예술 좀 즐긴다는 분이라면 꼭 한번 들러줘야 하는 자리가 될지도 모르겠습니다.

영화 「은교」 보셨나요? 어떤 장면이 인상 깊었습니까? (웅성웅성) 정사 장면이요. 무척 노골적이었습니다. 여름밤 옆집에 사는 사람들이 밤새 창문 열어놓고 하는데 보는 것 같은 기분이 들었습니다. 어느 영화평론가는 은교 역을 맡은 배우가 "신의 한 수"였다고 말하더군요 (실제로 보니까 역시. 평론가들은 다르구나, 같은 말이라도 참 맛깔스럽게 한다는 생각이 들었습니다). 저는 은교가 솜털 반짝거리며 등나무 의자에

기대 자는 모습에 흠뻑 빠졌습니다(배우에 반한 건지 은교에 반한 건지는 모르겠습니다). 영화배우 박해일 씨가 이적요 시인 역할을 맡았죠. 처음에는 노인 분장이 영 어색해 보였습니다만 영화를 보다 보니 곧 익숙해졌습니다. 이적요도 이 장면에서 은교를 처음 봅니다. 그의 눈에 비친 은교, 원작 소설에서는 어떻게 묘사되었을까요?

> 갸름한 목선을 타고 흘러내린 정맥이 푸르스름했다. 햇빛이 어찌나 맑은지 잘 보면 소녀의 내장까지 들여다볼 수 있을 것 같은 느낌이었다. 팔걸이에 걸쳐진 양손과 팔은 어린아이의 그것만큼 가늘었다. 콧날엔 땀방울이 송골, 맺혀 있었다. 초목 옆에서 나고 자란 소녀가 이럴 터였다. 침이 고였다. 애처로워 보이는 체형에 비해 가슴은 사뭇 불끈했다.
>
> _「은교」에서

몇 줄 안 되는데도 손에 닿을 듯 가깝게 느껴집니다. 작가는 머릿속에 떠오르는 장면을 단어들을 끌어모아 글로 옮깁니다. 감독은 배우를 섭외하고 무대를 만들고 연출을 해서 글을 다시 장면으로 바꾸어 놓습니다. 작가는 결코 은교가 예쁘거나 젊다고 말하지 않습니다. 대신 유리창 닦는 장면을 슬쩍 보여줍니다.

한사코 유리창에 입김을 화아, 불고 마른 걸레질을 꼼꼼히 한다. 뽀드득하고 유리창에서 소리가 난다. 그애는 그럼 뒤로 물러나 거리를 두고 유리창을 살핀 다음, 다시 붙어 서서 입술까지 꼭 물고, 재바르게 닦는다. 어디에 있든, 나는 예민하게 들을 수 있다. 들짐승처럼. 화아, 뽀드득뽀드득, 이 따라붙고, 뒤로 물러나는 발짝 소리, 이리 보고 저리 보느라 좁혀진 미간, 그리고 다시 유리창에 붙으면 또 화아, 뽀드득뽀드득……

_『은교』에서

읽다 보면 '은교는 참 예쁘고 젊구나'라는 생각이 듭니다. 작가는 저 혼자 글을 쓰는 것도 모자라 독자들이 제 스스로 마음에다 글을 쓰게 합니다. 그런데 어떤 작가들은 독자의 몫까지 남김없이 다 이야기해버립니다. 그러면 왠지 김이 빠집니다. 한마디로 재미없는 소설이 되고 말죠. 저도 예쁘다, 아름답다고 먼저 말하는 대신 여러분들 입에서 아름답다는 탄성이 나오게끔 글 쓰고 그림을 그리려 합니다.

젊은 은교와 늙은 적요 사이에 '서지우'(김무열 분)라는 인물이 등장합니다. 비록 글 쓰는 재능은 부족하지만 늘 적요를 선생님으로 모시며 그림자처럼 따라다닙니다. 그런데 은교와 적요가 플라토닉 비스름한 사랑을 키워나가는 사이 지우는 벌써 은교와 섹스를 합니다. 적요는 성공한 시인으로 살았습니다. 팬들의 사랑과 지우의 보살핌을 받고 있었습니다. 그런데 어느 날 느닷없이 은교라는 젊음과 마주칩니다. 조용히 늙어가던 시인은 크게 기지개를 켜고 젊음에 손을 대려 합

니다. 그러자 지우가 품었던 존경은 이내 실망과 질투로 바뀝니다.

사랑도 어디에서 바라보느냐에 따라 달라집니다. 은교 쪽에서 보면 지우와 했던 때 이른 섹스와 할아버지의 애달픈 나홀로 황홀경 사이에 사랑이 보입니다. 적요에게 사랑은 곧 젊음이고 마지막 현재에 불을 당기는 휘발유입니다. 서지우에게는 꺼림칙한 섹스와 선생님의 타락이 되겠죠. 한 발 비켜선 사람에게는 그저 술자리 안줏거리에 불과할 수도 있습니다.

은교는 눈에 확 띄는 미인이라곤 할 수 없었다. 키도 보통이었고, 시인이 고혹적이라고 말했던 허리 라인도 그만 한 나이라면 누구나 갖고 있는 곡선이었으며, 가슴 사이즈 또한 특별하지 않았다. (……) 은교는 그냥, 밉지 않은, 좀 귀엽고 정결한 이미지의, 그 또래,

보통 여자애,

에 불과했다. 이적요 시인이 본 경이로운 아름다움이란 은교로부터 나오는 특별한 아름다움이 아니라, 단지 젊음이 내쏘는 광채였던 것이다. 소녀는 '빛'이고, 시인이 늙었으니 '그림자'였다. 단지 그게 전부였다.

_『은교』에서

저도 마흔을 살짝 넘겼는데 친구들끼리 있으면 나이를 곧잘 잊어버립니다. 하지만 여러분 같은 20대를 만나면 물기 없는 피부와 목주름, 뱃살이 금세 드러나더라고요. 마치 의성 육쪽마늘 냄새 맡은 뱀파이어가 된 기분입니다.

어느 라디오 프로그램에서 양희은이 말했습니다. 젊었을 때는 숲과 나무가 좋았다고. 왜냐하면 자기가 꽃이었으니까. 그런데 나이가 들고 보니 꽃이 좋아진다고 했습니다. 20대 그리고 젊음. 예뻐서 예쁜 것보다 젊어서 예쁜 겁니다. 그래서인지 '단지 그게 전부였다'는 말이 더욱 쓸쓸하게 느껴집니다.

이적요와 서지우, 두 남자 이야기가 나온 김에 남자들끼리의 사랑에 대해 좀 더 이야기해볼까요? 크리스토퍼 이셔우드의 『싱글맨』인데요. 이 작품도 영화로 만들어졌습니다. 패션 디자이너 톰 포드의 데뷔작으로 그가 각본과 제작까지 맡았습니다. 이 소설도 『은교』처럼 주인공의 독백으로 시작합니다. 문장이 입에 착착 감겨 혼자 있을 때는 천천히 소리 내어 읽곤 합니다. 누가 한번 읽어주시겠어요? 네. 작은따옴표를 잘 살려주세요.

잠에서 깰 때. 잠에서 깨어나자 맞는 그 순간. 그때에는 '있다'와 '지금'이 떠오른다. 그리고 한동안 가만히 누운 채 천장을 쳐다본다. 이제 시선이 점점 내려오고, '내가' 인식된다. 거기서부터 '내가 있다'가, '내가 지금 있다'가 추론된다. '여기'는 맨 나중에 떠오른다. 부정적이라도 안심이 되는 말, '여기'. 왜냐하면 '여기'는 오늘 아침, 내가 있어야 할 곳, '집'이기 때문이다.

그러나 '지금'은 단순히 지금이 아니다. '지금'은 잔인한 암시다. 어제에서 하루가 지난 때. 지난해에서 한 해가 지난 때. '지금'에는 날짜가 붙는다. 지난 '지금'은 모두 과거가 된다. 어쩌면―아니, '어쩌면'이 아니라―아주 확실히―조만간, 그날이 올 때까지.

_『싱글맨』에서

『싱글맨』은 환갑을 앞둔 영문학과 교수인 조지가 하루 동안 겪는 이야기입니다. 그는 매일 아침 눈을 뜨면서 의식처럼 마지막 순간을 겪습니다. 하지만 오늘이 그날이 될지는 전혀 몰랐습니다. 마지막 아침도 여전히 세수하고 면도하고 머리를 빗고 변기에 앉습니다. 출근길에는 다른 운전자들을 비웃으며 학교에 갑니다. 그리고 수업 시간에 마지막 젊음, 마지막 사랑과 마주칩니다. 조지는 게이였습니다. 작가인 크리스토퍼 이셔우드도 게이였습니다. 영화감독인 톰 포드 역시 게이입니다. 이 작품은 작가가 환갑이 되던 해인 1964년에 쓰였습니다. 조지와 이셔우드의 눈에 젊음은 어떻게 비쳤을까요.

모르겠어?
내가 아는 것이 바로 내 자신이야.
그건 내가 자네에게 들려줄 수 없어.
자네가 직접 찾아야 해. 나는 자네가 읽어야 할 책이야.
책이 스스로 말할 수는 없지 않나?
책은 자기 안에 적힌 내용이 무엇인지도 모르지.
나도 내가 누구인지 몰라.

검은 머리카락, 잘생긴 얼굴, 교활하고, 잔인하고, 단단하고, 나긋나긋하고, 근육질이다. 발놀림은 빠르고 우아하다. 피부색은 짙은 금빛이다. 가슴과 배와 허벅지에는 곱슬곱슬한 검은 털이 있다. 미소도 없이 흰 이를 드러내며 공을 힘껏 친다. 냉혹하고 능숙한 솜씨로 열심히 빠르게 테니스를 친다. 왼쪽 젊은이가 이길 것 같다.

바닷물에서 나온 뒤로 케니의 몸이 거대해진 것 같다. 케니의 모든 면이 이 세상 것이 아닌 듯 위대해 보인다. 환한 웃음에 드러난 하얀 이, 물을 뚝뚝 떨어뜨리고 있는 넓은 어깨, 길고 날씬한 상체와 그 아래에 묵직하게 매달린 성기, 이제 부들부들 떨리기 시작하는 긴 다리.

_『싱글맨』에서

어린 남자를 만나면 저도 모르게 애써 무시하려 듭니다. 먼저 나이를 따지고 말부터 놓습니다. 그다음에는 경력이나 직책을 들먹거립니다. 잘 안 먹힌다 싶으면 술 마시는 걸로 승부를 겁니다. 웬만큼 교통정리가 되었다 싶으면 그때부터 가르치려 듭니다. '나의 과거가 너의 미래'라고 으스대면서 말이죠. 사실은 부러워서 그런 겁니다. 젊음을 뛰어넘을 수 없다는 걸 너무 잘 알기 때문입니다. 젊음도 좋지만 경험도 좋다며 잘난 체 해봅니다. 참 애처롭죠. 그래서인지 『싱글맨』을 읽을수록 젊은 케니보다는 늙은 조지 편을 들게 됩니다. 그래도 조지는 저보다 낫습니다. 저처럼 가르치려 들지는 않으니까요.

케니. 내가 할 수 있는 일은 없어! 나도 무진장 자네에게 말하고 싶어. 그렇지만 말할 수 없어. 정말이지 말 그대로 말할 수 없어. 모르겠어? 내가 아는 것이 바로 내 자신이야. 그건 내가 자네에게 들려줄 수 없어. 자네가 직접 찾아야 해. 나는 자네가 읽어야 할 책이야. 책이 스스로 말할 수는 없지 않나? 책은 자기 안에 적힌 내용이 무엇인지도 모르지. 나도 내가 누구인지 몰라.

_『싱글맨』에서

문득 배창호 감독이 만든 영화 「젊은 남자」가 떠오릅니다. 주인공인 이정재는 그때 스물두 살이었고 무척 근사했습니다. 이제는 마흔둘입니다. 「영웅본색」에서 양손에 권총을 쥐고 불을 뿜던 주윤발. 쉰여덟이고 「원초적 본능」에서 뇌쇄적 다리 꼬기로 뭇 남자들의 꿈자리를 사납게 했던 샤론 스톤이 쉰다섯입니다. 저는 1970년에 태어났습니다. 김혜수와 동갑이죠. 그녀를 보면 『도리언 그레이의 초상』이 떠오릅니다. 그녀가 어려 보이면 저도 덩달아 어려집니다. 팽팽했던 그녀에게 흰머리와 주름이 생긴다면 저는 더 바삭바삭 늙어버릴 것 같습니다. 젊음이 노력해서 얻은 것이 아니듯, 늙음도 노력으로 막을 수 없습니다. 그저 시간이 매몰차게 흐르는 것뿐입니다. 하지만 이런 말도 크게 위로가 되지는 않네요. 시원한 맥주가 몹시 당깁니다.

　마지막으로 젊어지는 비결을 암시하는 문장 하나만 들려드리고 마치겠습니다.

　화가는 자기 그림이 제 나이고,

　시인은 자기 시가 제 나이고,

　시나리오 작가는 자기 영화가 제 나이다.

　바보들만 자기 동맥이 제 나이다.

　여러분은 무엇으로 제 나이를 삼으시나요?

　여러분이 보기에 제 (그림의) 나이는 몇 살인가요?

했으면 좋은 것, 안 했으면 좋은 것

더빠를 자주 찾는 단골 중에는 20대 중후반도 많습니다. 바에 나란히
걸터앉아 맥주를 마시다 보면 자연스럽게 이야기를 나누게 됩니다.
나이가 들면 말이 많아진다는데 저도 예외는 아닌가 봅니다.
한 친구는 20대인 자신이 했으면 좋은 것과 안 했으면 좋은 게 있다면
뭔지 제게 물어보았습니다.

그래서 했으면 좋은 건 연애와 책 읽기. 그리고 놀기라고
말해주었습니다. 멋진 여자(나 남자)를 사귀면 밑도 끝도 없는 자신감이
생깁니다. 책을 읽으면 나를 만나는 시간이 늘어나 나와 친해집니다.
그리고 잘 노는 사람은 어디 가서도 잘 먹고 잘삽니다.
반대로 안 했으면 하는 건 담배와 보증 그리고 '스펙' 쌓기입니다.
저는 술을 마셔도 담배는 피우지 않습니다. 그래서 친구들이 무척
부러워합니다. 끊는 고통을 겪을 필요가 없기 때문이죠. 만약 친한
사람이 돈을 빌려달라거나 보증을 서달라고 하면 차라리 줄 수 있는
만큼 그냥 주고 잊어버립니다. 그리고 '스펙'이라고 불리는 경력은
예방접종에 가깝습니다. 하지만 일을 해보면 예방접종보다는 오히려
반창고나 빨간약이 더 필요합니다. 범퍼카처럼 좌충우돌하고 깨지면서
앞으로 가는 수밖에 없기 때문입니다.

밤 의 인 문 학
다 섯 번 째 밤

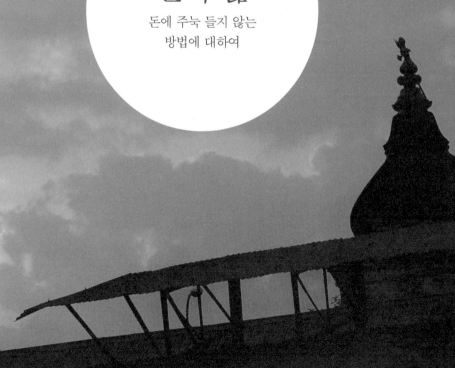

진짜 삶

돈에 주눅 들지 않는
방법에 대하여

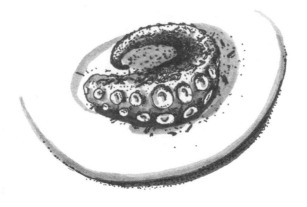

『임사체험』(상·하) 다치바나 다카시, 윤대석 옮김, 청어람미디어, 2003년 출간
『예브게니 오네긴』 알렉산드르 푸시킨, 석영중 옮김, 열린책들, 2009년 출간
『카페 림보』 김한민 글·그림, 워크룸프레스, 2012년 출간
『네 마음껏 살아라』 티찌아노 테르짜니, 이광필 옮김, 들녘, 2010년 출간

몇 년 전 통영이 좋아 방 하나 얻어서 몇 달 간 살았습니다. 어느 날 어머니와 고등학교 동창 친구 분들이 놀러 오 셨습니다. 하루 동안 미륵산 케이블카를 타고 연화도에도 다녀오고 달아공원도 올라가면서 가이드 노릇을 했습니다. 저녁에는 중앙시장 에서 바다장어를 구워 먹으며 어르신들이 나누는 이야기를 들었습니 다. 요즘 노후 대책으로 뭐 하고 있느냐, 얼마 전에 적금 새로 넣었다, 그때 말했던 보험은 아직까지 붓고 있다며 한창 이야기꽃을 피웠습니 다. 그런데 우리 어머니, 이미 환갑을 훌쩍 넘기셨거든요. 제가 보기 엔 이미 노년인데 아직까지 준비를 하고 계시더랍니다. 이제 좀 쓰세 요, 어머니. (웃음)

그런데 마냥 웃을 일도 아닙니다. 우리도 크게 다르지 않습니다. 중

학교 때는 고등학교 갈 준비를 하죠. 고등학교에 가면 입시 준비를 합니다. 대학에 가서는 취업 준비를 합니다. 취업이 되면 결혼 준비를 합니다. 또 결혼하면 출산 준비를 하고 집 살 준비를 합니다. 그리고 늙어 죽을 때까지 그놈의 노후 준비에 매달립니다. 그러다 중간에 콱 죽기라도 하면 도대체 내 인생은 뭐가 되는 걸까요? 그리고 노후라는 게 도대체 몇 살부터 시작되는 겁니까? 언제까지 준비만 하고 살아야 하는지 생각할수록 몹시 씁쓸해집니다.

사실 준비에 매달리는 데는 다 이유가 있습니다. 그렇죠. 돈 때문입니다. 돈이 있어야 등록금을 내고 돈이 있어야 결혼도 하고 집도 사고 여행도 다닐 수 있습니다. 돈이 있어야 하루하루 삽니다. 하지만 과연 그럴까요? 미국의 철학자 니컬러스 머리는 "30세에 죽었으나 60세에 묻혔다"라고 묘비에 써야 할 사람이 많다고 꼬집었습니다. 찔리는 분 있으시죠? (조용) 저승으로 가는 배는 무척 좁아서 몸뚱아리 하나 겨우 누일 수 있다고 합니다. 어느 나라에서는 돈이나 성적인 것에 대한 욕구를 노골적으로 드러내는 사람을 '문어'라고 합니다. 돈을 너무 사랑하시면 맛있는 해산물이 되고 맙니다.

그런데 인생이라고 하면 왠지 남의 이야기처럼 막연하게 들립니다. 내 인생을 눈앞에서 들여다보려면 내일 죽는다고 가정해보면 됩니다. 스티브 잡스는 2005년 스탠퍼드 대학 졸업 연설에서 "Stay hungry Stay foolish"(갈망하고, 전진하라)라는 주옥같은 말을 남겼습니다. 하지만 제가 좋아하는 구절은 따로 있습니다. "Your time is limited.
Don't waste it living someone else's life"(시간은 제한적이다. 다른 사
람의 삶을 사느라 허비하지 말라)입니다. 시간은 누구에게나 **공평하게** 얼
마 남지 않았습니다. 안 그래도 시간이 모자란데 남의 삶을 살거나 다
른 사람의 생각과 결론에 사로잡히는 건 무척 어리석은 일입니다. 그
러니 남은 시간이라도 자기만의 인생을 살라고 힘주어 말했습니다(그
는 연설을 하기 1년 전인 2004년에 이미 췌장암 판정을 받았습니다).

죽는 게 끝이 아니라고 말하는 사람들도 있습니다. 그래서 나름대
로 여유를 갖기도 합니다. 하지만 죽음 너머의 세계는 아무도 증명할
수 없습니다. 누가 맞고 틀리다고 함부로 말할 수도 없습니다. 아무리
핏대를 세워봐야 결론이 나지 않습니다. 일본의 유명한 책벌레 다치
바나 다카시는 『임사체험』이라는 책을 썼습니다. 전 세계를 돌아다니
며 죽다 살아난 사람들을 만나 인터뷰를 하여 쓴 책이지요. 저희 어머
니도 비슷한 경험을 했습니다. 젊은 시절 병원에서 치료를 받다가 페
니실린 주사 쇼크로 의식을 잃었습니다. 의식이 없는 동안 이상한 현
상을 경험했습니다. 몸에서 혼이 빠져나와 발끝에 매달린 채 병상에
누워 있는 자신을 내려다보았습니다. 그런데 기분은 몹시 좋았다고
합니다. 누워 있는 자신에게서 점점 빠져나가고 있는데 누군가 자꾸
귀찮게 막더랍니다. 그래서 할 수 없이 깨어났는데 알고 보니 의사였

습니다. 위험한 고비를 겪는 어머니의 의식을 되돌리기 위해 의사가
억지로 깨웠던 거죠.

어머니처럼 죽음의 언저리까지 다녀온 사람들은 한결같이 죽음 뒤
에 진짜 무엇인가가 있다고 말합니다. 그래서 다치바나는 두 가지 가
정을 이끌어냅니다. 죽음 너머 또 다른 세상이 실제로 있거나, 아니면
죽기 전에 뇌에서 환각 작용을 일으킨다는 것입니다. 그래서 죽는 게
그다지 무섭지 않다고 결론 내립니다. 왜냐하면 다른 세상이 있다면
리셋하고 다시 살아서 좋고, 그냥 끝나더라도 깔끔해서 좋다는 것입
니다. 어느 종교학자는 천국은 완벽한 세상이니까 걱정할 필요가 없
다고 합니다. 우리가 신경 써야 할 것은 우리가 살고 있는, 내일 어떻
게 될지 모르는 불완전한 세상입니다.

지난해 10월 네팔에 다녀왔습니다. 네팔은 두 번째였습니다. 지지
난해에 이어, 아동 · 청소년 인권을 위한 활동을 주로 하는 NGO '러
빙핸즈'가 도서관을 지원하는 학교를 다시 찾았습니다. 네팔 아이들
과 함께 학교에 벽화를 그려보기로 했습니다. 카트만두 시내에서 페
인트와 그림 그릴 재료를 샀습니다. 시간이 남아 여느 관광객처럼 시
내를 돌아다녔습니다. 해가 뉘엿뉘엿 질 무렵 뻐수뻐띠 화장터에 들
렀습니다. 500루피, 우리 돈으로 7천 원만 내면 화장터를 마음껏 쏘
다니며 사진도 내키는 대로 찍을 수 있었습니다. 강물을 따라 잘 다
듬은 돌로 쌓은 화장대가 띄엄띄엄 놓여 있었습니다. 강이라고 하지

인생의 소설을 다 읽지도 않고
별안간 책장을 덮을 수 있는 자는 행복하노라.
『에브게니 오네긴』에서

만 실제로는 찐득한 검은 물이 흐르는 실개천에 가까웠습니다. 화장대 위에는 잘 마른 장작이 지그재그로 쌓여 있었고 오렌지색 얇은 천을 두른 시신들이 숨죽이며 순서를 기다렸습니다. 어떤 시신은 벌써 타닥타닥 타면서 제법 연기를 뿜어댔습니다. 함께 간 네팔 친구가 상류 쪽에서 탈수록 가격이 비싸다고 귀띔해주었습니다. 언덕 위에는 많은 사람들이 모여 노을 지는 화장터를 내려다보았습니다. 데이트를 하는 커플도 눈에 띄었습니다. '저분은 젊어서 돌아가셨나 봐. 연기가 많이 나는 걸 보니 아직 촉촉하네.' 이런 농담을 나눈다고 해도 전혀 이상하지 않을 만큼 화장터의 분위기는 차분해 보였습니다. 불타는 모습을 자세히 보려고 언덕에서 내려와 화장대 뒤쪽 건물로 올라갔습니다. 벌건 불꽃 사이로 시커멓게 타는 발이 보였습니다. 사진을 찍는 동안 하얀 연기가 머리카락과 점퍼 사이를 파고들었습니다. 어째 훈제 냄새와 비슷했습니다. 바싹 타고 나자 인부들은 유골을 그대로 강물에 던졌습니다.

이곳에 오기 전부터 악명 높은 화장터 이야기를 이미 들었습니다. 몹시 징그럽거나 무서울 줄 알았습니다. 하지만 두 눈으로 보니 마음이 이상하게 편안해졌습니다. 껍질을 벗은 나비는 더 이상 고치에 미련을 두지 않습니다. 생명이 빠져나간 몸도 마찬가지일 겁니다.

네팔 사람들은 대부분 힌두교를 믿습니다. 힌두교도들은 죽으면, 아니 죽어야 환생할 수 있다고 믿습니다. 그래서 죽음을 슬퍼하지 않

습니다. 시신은 더 이상 '그 사람'이 아닙니다. 껍데기나 쓰레기인 셈이죠. 그래서 쿨하게 태워버립니다.

화장터에 다녀온 다음 날 아침 일찍 학교에 갔습니다. 하루 종일 네 팔 아이들과 함께 학교와 도서관에다 벽화를 그렸습니다. 그나마 하루라도 내 인생을 살았다는 생각이 들었습니다.

내 의지와 상관없이 별안간 책장이 덮일 수도 있다고 받아들인다면 더 이상 미래의 준비에만, 돈 모으기에만 매달리지 않게 됩니다. 돈 때문에 내 시간을 함부로 팔지도 않습니다.

알고 보면 회사가 우리보다 시간의 가치를 훨씬 더 소중하게 여깁니다. 오늘 할 일을 오전에 다 끝냈다고 해서 결코 6시 전에 퇴근시키는 법이 없지 않습니까? 그래서 제 인생의 목표는 **회사보다 내 시간을 더 소중히 여기자, 내 시간의 주인공이 되자**는 것입니다.

저는 주로 혼자 일합니다. 조수나 직원을 쓰지 않습니다. 웬만하면 다른 사람의 시간을 빌리고 싶지 않기 때문입니다. 단체나 조직에 속해 있지도 않고 속하고 싶은 마음도 없습니다. 혼자 그림으로 먹고살면서 늘 언저리에서 맴돕니다. 김한민 작가가 쓴 그래픽노블인 『카페 림보』는 남에게 시간을 뺏겨 자신을 잃어버린 사람들을 아예 바퀴족, 바퀴벌레로 묘사합니다. 만약 먹고사는 문제에만 매달려 벌벌 떨고 있거나 별다른 이유도 없이 스마트폰을 만지작거리며 영혼 없는 위로를 찾거나 누군가 내 머릿속을 박박 씻어내 내가 남보다 더 남처럼 느껴진다면 이유는 딱 한 가지입니다. 나도 모르는 사이에 바퀴족이 되었기 때문입니다. 과연 누가 바퀴족인지 식별하는 방법을 작가는 친절하게 소개해줍니다.

— 흥행작과 베스트셀러를 꼬박꼬박 챙겨 봄
— 대화시 성별로 유형화된 화제만 골라 입에 올림 (남자: 정치/자동차/골프/스포츠/최신 기기, 여자: 명품/먹거리/연예계/가십)
— 명절이나 기념일에 단체 문자 발송
— 회사 관두겠다는 말을 입에 달고 다니면서 계속 다님
— 특정 종교의 방언을 타 종교인에게 당연하듯 사용

_「카페 림보」에서

어째 좀 찔리시죠? 일단 바퀴족이 되면 머릿속에 이상한 칩이 박혀 나이 강박, 먹고사니즘, 재생산 강박에 빠지게 됩니다. 불안해서 경쟁에 몰두하고 그냥 살기 위해 살고, 해야 할 것 같아 결혼을 합니다. 만약 하나라도 제대로 못 하면 비정상 취급을 당하는 것만 같아 다시 불안에 빠집니다. 바퀴족이 되지 않으려면 림보, 즉 언저리에 서야 합니다. 림보족이 되면 바퀴족과의 전쟁은 피할 수 없습니다. 어디에 속하지 않고 그냥 있을 자유를 위해, 자신이 느끼는 대로 느끼며 좋아하는

걸 좋아하고 싫어하는 걸 싫어할 수 있는 자유를 위해, 감수성 독립 전쟁에 나서야 합니다.

다시 제자리로 돌아와 볼까요? 돈에 주눅이 들 때는 죽음을 떠올리면 됩니다. 통장 잔고가 부족할 때면 습관처럼 운전면허증을 꺼내봅니다. 전혀 제 얼굴처럼 보이지 않는 증명사진 위에 각막 기증, 장기 기증 스티커가 붙어 있습니다. 정신이 번쩍 듭니다. 그리고 '내 시간의 주인공은 나야' '하고 싶은 일을 하는데도 시간이 부족해'라고 되뇝니다.

이탈리아에서 태어나 독일의 세계적인 시사 주간지 『슈피겔』의 특파원을 지낸 티찌아노 테르짜니는 『네 마음껏 살아라』에서 죽음을 눈앞에 두고 아들에게 인생에 대해 이야기를 남깁니다.

고작 돈을 많이 벌기 위해 매일 아침 사무실에 나가 주가 변동 그래프의 움직임을 쳐다보면서 '샀다 팔았다 샀다 팔았다' 한단 말이냐? 무슨 인생이 그래?! 오늘날 많은 사람들이 좌절하고 있는 이유를 아니? 제일 똑똑하다는 애들이 그런 걸 하고 있어서 그런 거야!"

_『네 마음껏 살아라』에서

가슴 뛰는 일을 하지 않고서는, 죽기 전에 꼭 하고 싶은 걸 하지 않고서는 결코 만족하는 삶을 살 수 없습니다. 하고 싶은 일은 두렵기 마련입니다. 아직 가보지 않아서 두렵고 실패할까 봐 두렵습니다. 그래서 돈벌이는 하고 싶은 일을 내일로 미루는 그럴싸한 변명이 되기 쉽습니다. 돈 벌기 위해 일한다고 하면 아무도 뭐라고 하지 않기 때문입니다. 하지만 아무도 뭐라고 하지 않는 바퀴족의 길은 이미 죽은 삶이나 다름없습니다. 그러니 어서 『카페 림보』로 찾아와서 아무도 읽지 않는 마카진을 거들떠보시길(마카진은 매거진의 어원이 되는 말로 병기 창고를 뜻한답니다. 『카페 림보』에 등장하는 한 인물은 마카진을 언급하며 생각 무기를 쌓을 생각을 하니 꿈이 되살아난다는 말을 하죠). 또 사향 커피 한 잔을 홀짝거리면서 거울에 비친 내 모습을 천천히 들여다보시길. 그리고 꼭 지금이 아니더라도 작가들에게 자신을 찾게 해줘서 감사하다는 말을 남겨주시길 바랍니다. 저에게는 맥주 한 잔이면 됩니다.

고작 돈을 많이 벌기 위해 매일 아침 사무실에 나가
주가 변동 그래프의 움직임을 쳐다보면서 '샀다 팔았다
샀다 팔았다' 한단 말이냐? 무슨 인생이 그래?!
오늘날 많은 사람들이 좌절하고 있는 이유를 아너?
제일 똑똑하다는 애들이 그런 걸 하고 있어서 그런 거야!

"그냥 취미로 할까요?"

Q. 저는 올해 스물일곱 살이 된 직장인입니다. 어릴 때부터 그림 그리기를 좋아하다가 너무 그리고 싶어서 지난해에 취미로라도 해보려고 미술학원에 등록했어요. 그런데 원장 선생님이 소질이 있으니 미대 편입 한번 생각해보지 않겠느냐고 하셨어요. 솔직히 완전 기뻤습니다. 소질이 있다는 것도 놀랍고 그림 그리는 것도 즐거웠습니다. '이제 나도 하고 싶은 일을 찾은 건가' 싶었습니다. 그래서 편입할 결심을 하고 계획을 세워보니 생산직 교대 근무라 편입 준비를 하려면 일을 그만두어야 하더라고요.

막상 관두려니까 몹시 불안합니다. 내가 과연 해낼 수 있을지 그림으로 밥벌이나 할지 말입니다. 주위에서도 너무 현실감이 없다는 소리를 합니다. 지금처럼 그림은 취미로 하라는 이야기를 들으면 흔들립니다. 어떻게 해야 할까요?

A. 설렘과 불안은 동전의 양면과 같습니다. 긴장이 없으면 모험을 할 이유가 없습니다. 도대체 사람들은 뭐든 새로 하려고 하면 현실감이 없다고 핀잔을 줍니다. 그럼 당신이 그리 좋아하는 현실감이란 도대체 무슨 뜻인지 되물어보고 싶습니다. 그리고 현실적으로 살수록 왜 불만과 괴로움은 늘어가는지도 묻고 싶습니다. '현실적'이란 말은 모험과 긴장, 설렘과 흥분은 더 이상 나와 관계없는 일이라고 스스로 인정한다는 뜻입니다.

지금 에너지를
대방출하는
순간이 평생의
추억이 될 수도
있습니다.

저는 중학교 시절 합창단 활동을 하였습니다. 말도 안 되게 어려운 노래 악보를 처음 받았을 때 눈앞이 캄캄했습니다. 하지만 목소리를 다듬고 매일 함께 노래를 부르니까 음감도 생기고 조금씩 화음도 맞기 시작했습니다. 가끔 기막히게 화음이 맞을 때는 온몸이 찌릿했습니다. 물론 안 맞을 때는 아주 괴로웠습니다. 공연을 하던 날 무대에서 본 지휘자 선생님의 눈빛은 아직까지 생생합니다. 노래는 어떻게 불렀는지 모르겠습니다. 하지만 내 속에 무슨 펌프가 달린 마냥 노래하는 내내 아드레날린이 펑펑 솟구쳤습니다. 그 기억은 지금도 제 인생에서 큰 에너지가 되고 있습니다.

자신이 좋아하는 일이라는 느낌이 온다면, 몸속에 뜨거운 에너지가 느껴진다면 한번 과감하게 쏟아부어보시길 바랍니다. 지금 에너지를 대방출하는 순간이 평생을 견디게 할 추억이 될 수도 있습니다. 돈은 밀물과 썰물처럼 의지와 상관없이 들어왔다 나갑니다. 하지만 추억은 애써 모아두지 않으면 결코 들어오지 않습니다. 추억이야말로 인생을 견고하게 버티게 해주는 재산입니다. 부지런히 추억을 만드는 사람이 진짜 현실적인 사람입니다. 그리고 추억은 머리로 만드는 게 아닙니다. 부지런한 손, 무거운 엉덩이, 그리고 쉴 틈 없이 걷는 발이 만듭니다.

밤 의 인 문 학
여 섯 번 째 밤

외로움

외로움과 이별하지 않는
방법에 대하여

『프루스트가 우리의 삶을 바꾸는 방법들』 알랭 드 보통, 박중서 옮김, 청미래, 2010년 출간
『깨끗한 매미처럼 향기로운 귤처럼』 이덕무 지음, 강국주 편역, 돌베개, 2008년 출간
『고독의 위로』 앤서니 스토, 이순영 옮김, 책읽는수요일, 2011년 출간
『마음을 쏘다, 활』 오이겐 헤리겔, 정창호 옮김, 걷는책, 2012년 출간

"밥장님은 외롭지 않겠어요. 팬이 많아서요."

블로그에서 이런 댓글을 자주 봅니다. 좋긴 좋습니다. 덕분에 살아 있다는 기분도 듭니다. 여기 오신 분들처럼 저를 직접 만나보고 싶다는 분들도 있습니다. 심지어 사귀고 싶다는 분도 있었습니다. (에이~) 아직 제 말 안 끝났습니다. 그런데 한번 만나면 다시 찾아오지 않더라고요. 좋아 죽겠다고 할 때는 언제고 그 뒤로는 댓글마저 없으니 무척 섭섭했습니다.

왜 그리 냉정한지 궁금했는데 제가 다른 작가를 만나보니까 알겠더군요. 감수성 넘치는 문장으로 뭇 여성들의 애간장을 살살 녹이는 모 작가를 실제로 만난 적이 있습니다. 글이 작가를 닮았는지 작가가 글을 닮았는지 모를 정도로 책 날개에 인쇄된 그의 얼굴은 달콤하게 웃고 있었습니다. 독자와의 만남을 연 카페에서 그가 마이크 잡고 이야기하는 모습을 직접 보았습니다. 아, 책 날개에서만 만났으면 참 좋았을 것을. 그는 첫사랑의 연인처럼 상상 속에서 박제되고 윤색되어야만 했습니다. 작가님, 결코 못생겼다는 말은 아니지만 포토샵은 기가 막히더군요. (웃음) 어쨌든 작가의 얼굴 위로 제 얼굴이 겹쳐 보이며 '아, 나도 저랬겠구나' 하는 느낌이 들었습니다. 섬뜩했습니다. 하지만 다행스럽게도 저만 그랬던 게 아닌가 봅니다. 『잃어버린 시간을 찾아서』를 쓴 마르셀 프루스트도 제대로 당했나 봅니다.

> 책은 영감을 주는 순간들, 원래는 몇 년간에 걸쳐서 생겼을 순간들의 농축물을 제공한다. 이런 관점에서 본다면 평소 즐겨보던 책의 저자를 만나면 실망스러울 수밖에 없다.
>
> _『프루스트가 우리의 삶을 바꾸는 방법들』에서

작가나 예술가 들에게 어떻게 글을 쓰고 그림 그리게 됐느냐고 물어보면 '여자에게 잘 보이기 위해서'라는 한심한 대답을 종종 듣게 됩니다. 저도 마찬가지입니다. 서른다섯 살부터 그림을 그렸는데 이게 다 제게서 멀어진 여자들의 관심을 되찾으려는 애타는 시도였습니다. 이상하게 저는 뱀과 가슴을 자꾸 그리게 되더라고요. 억눌린 욕망이 종이 위에서 봇물 터졌다고 할까요? 아무튼 숨겨왔던 속마음을 드러내니까 아주 개운했습니다. 그런데 요즘에는 제 그림 속 캐릭터들이 자꾸 동글동글, 아기자기, 귀여워집니다. 육체적인 욕망이 어느 정도 채워지니까 이제는 둥글게 마음을 살피겠다는 무의식의 발로가 아닐까 싶습니다. 확실한 건 작가는 작품으로 만날 때 가장 멋지다는 겁니다.

잘만 하면 작가는 늙지 않을 수 있습니다. 환갑을 지난 하루키가 여전히 후드티를 걸친 30대 청년으로 보이는데, 톨스토이가 수염을 기른 할아버지로 보이는 건 모두 작품의 세계관 때문입니다. 그런데 팀 버튼이 지난해에 우리나라를 찾았을 때 여간 실망스럽지 않았습니다. 기사 속 사진에는 신세를 한탄하며 막걸리 잔을 기울일 법한 웬 노인 한 분이 앉아 있었습니다. 적어도 제겐 헝클어진 머리를 하고 있는 영원한 청년인데 말이죠.

얼마 전 한 출판사에서 추천사를 써달라는 부탁을 받았습니다. 유명 일러스트레이터들이 스케치북에 그린 그림들을 모은 『아티스트의 스케치북』이라는 책이었습니다. 몇 장 넘기자 이 작자들은 '뭔 놈의 그림을 이렇게 잘들 그리냐'는 생각이 들었습니다. 몹시 부러웠습니다. 질 수 없다는 생각에 몰스킨을 꺼내 저도 잽싸게 한 장 그렸습니다. 그리고 추천의 글을 냅다 썼습니다.

책은 영감을 주는 순간들.

원래는 몇 년간에 걸쳐서 생겼을 순간들의 농축물을 제공한다.

_『프루스트가 우리의 삶을 바꾸는 방법들』에서

부럽다. 얄밉다. 세상에 그림 잘 그리는 사람이 너무 많다. 도대체 어떻게 먹고살아야 하나. 걱정된다. 재미와 좌절이 한꺼번에 밀려온다. 마치 맛 기행 프로그램을 보는 기분이 든다. 이것만은 못 보여준다며 실컷 호들갑 떨다가 나중엔 다 보여준다. 사실 비법이라 봐야 손맛이다. 『아티스트의 스케치북』도 마찬가지다. 이 책을 덮고 '부러우면 지는 거다'를 마음속으로 외쳐본다. 다른 작가들에게 재미와 좌절의 맛을 되돌려줘야지. 한 장 한 장 다시 넘기며 달콤한 복수를 떠올린다.

작가들처럼 시샘이 많은 족속이 또 있을까요? 대놓고 말은 안 해도 누가 잘 그리는지 더 잘 압니다. 적지 않게 좌절하지만 애써 추스르면서 다시 작업에 몰두합니다. 다른 작가들의 작품을 보는 게 아이디어를 얻거나 새로운 스타일을 연구하는 데 도움이 될 수 있습니다. 하지만 자존심을 세우거나 행복해지는 것과는 거리가 멉니다. 결국 저보다 못 그린 그림만 보거나 비전문가를 만나는 게 행복의 열쇠입니다. 말하고 나니까 매우 없어 보입니다만.

작가가 되고 나니까 친구가 한마디 던지더군요. "사람들은 너 말고 네 작품을 좋아하는 거야. 짜장면 좋아한다고 중국집 요리사를 사랑하는 건 아니잖아." 사랑도 우정도 다 때가 있습니다. 이런 소리를 들으면 친구의 아귀에 주먹을 날리고 싶습니다. 하지만 조상님 말씀을 곱씹으며 꾹 참습니다.

망령된 사람과 논쟁하느니 차라리 한 잔 얼음물을 마시는 게 더 낫다.

_『깨끗한 배미처럼 향기로운 굴처럼』에서

다 제가 부러우니까 하는 이야기겠죠. (웃음) 프로이트의 말마따나 "예술가란 공상의 삶에서 성적인 욕구와 야망을 마음껏 채우는 사람" 입니다. 예술가가 된 덕분에 팬이 생기고, 육체적인 욕망을 달래고, 통장 잔고가 쌓이고, 마음도 찾았습니다.

그래도 여전히 쓸쓸합니다. 아내가 있을 때도 외로웠고 지금 없어 도 외롭습니다. 부모가 돌봐줘도 외롭고 홀로 남아도 외롭습니다. 자 식이 있어도 외롭고 없어도 외롭습니다. 외로움은 밀물처럼 한꺼번에 밀려옵니다. 이럴 때는 가만히 맥주를 마시며 음악을 듣습니다. 문관 철의 「비처럼 음악처럼」을 들으면서 눈을 감습니다. 소나기를 맞듯 아 예 외로움에 흠뻑 빠져봅니다. 그리고 한잠 푹 자고 나면 훨씬 개운합 니다. 그러면 또 썰물처럼 외로움이 빠져나가버립니다.

밀물과 썰물이 지나면서 바닷가에 흔적을 남기듯이 외로움이 스치 고 지나면 수많은 인간관계 속에 묻혀 있던 내 모습이 드러납니다. 외 로워야 벌거벗은 내가 보입니다. 더 이상 외롭지 않다는 건 어쩌면 내 게 더 이상 바라는 게 없다는 뜻일지도 모릅니다. 바라는 게 사라지면 기다렸다는 듯이 권태가 밀려옵니다. 언제 툭 끝날지도 모르는 인생 을 지겹게 살 바에야 조금 울적해도 나를 똑바로 바라보면서 사는 게

낫지 않을까요?

사람들은 보통 외로우니까 불행하고 이런 불행은 사랑하는 사람을 만나면 다 해결된다고 믿습니다. 하지만 영국의 정신분석의인 앤서니 스토는 외로워서 불행한 게 아니라 외로울 줄 몰라서 불행하다고 말했습니다. 심지어 최고의 배우자를 만나 산다는 것이 최상의 선택이 아닐 수도 있다고 합니다.

부모를 대신해줄 사람과 결혼하면 혼자서는 세상을 극복할 수 없다는 의식이 더 강해진다. 의지가 되어주고 조언을 해주고 결정을 내려주는 누군가가 늘 곁에 있으면 스스로의 힘으로 극복하는 법을 배우지 않으려 한다. 배우자에게 유달리 의지했던 사람이 배우자를 잃으면 그렇지 않았던 사람들보다 무력감을 더 많이 느낀다. (……) 그런가 하면 더 이상 의지할 사람이 없기 때문에 이전에는 미처 깨닫지 못한 힘을 스스로에게서 발견하는 경우도 있다. 남편이나 아내를 잃고 나서 더 행복하게 사는 듯 보이는 사람들이 있다. 이것은 그 사람의 결혼생활이 꼭 불행했기 때문만은 아니다.

_『고독의 위로』에서

그는 **외로운 게 문제라기보다 지나치게 외로운 게 문제**라고 지적합니다. 사람에게 어느 정도의 어려움은 필요합니다. 외로움, 인정받기, 인간관계, 일 모두 균형이 필요합니다. 어느 한 가지만 잘한다고 문제가 해결되지 않을뿐더러 어차피 모든 걸 완벽하게 갖출 수도 없는 노릇입니다. 그래서 우리는 영웅을 바라는지도 모릅니다. 모든 문제를 안고 있지만 멋지게 해결해주는 초인적인 존재 말입니다. 하지만 영웅으로 태어난 영웅은 왠지 싱겁습니다. 고뇌하는 영웅, 늘 언저리에서 아슬아슬하게 줄타기를 하는 영웅이 훨씬 매력적입니다. 슈퍼맨, 원더우먼 같은 엄친아 영웅들이 모인 DC 코믹스의 영웅보다는 어쩌다 보니 초능력을 가지게 된 헐크나 스파이더맨 같은 마블 코믹스의 영웅이 요즘 대세인 이유입니다. 지금 지질할수록 오히려 멋진 영웅이 될 가능성이 높은지도 모릅니다.

소설 『술탄 살라딘』을 쓴 타리크 알리는 영웅을 필요로 하는 세대는 불행한 세대라고 말합니다. 영웅을 바란다는 건 달리 말하면 바람막이를 원한다는 뜻입니다. 도로 사이클 대회를 보면 앞에 달리는 선수가 가장 힘듭니다. 하지만 지시와 명령보다는 동의와 협력을 통해서 일이 잘 이루어지는 시대에 영웅을 바란다는 건 어쩐지 치사해 보입니다. 이젠 더 이상 숨을 그늘이 없습니다. 스스로 영웅이 되거나 아니면 아예 자잘한 개인으로 모래알처럼 살아가는 수밖에 없습니다.

외로움과 자유는 동전의 양면과 같습니다. 자유로워질수록 혼자 결정하고 책임져야 할 일도 많아집니다. 자유를 원한다면 외로워질 각

이제 더 이상 숨을 그늘이 없습니다.
스스로 영웅이 되거나 아니면
아예 자잘한 개인으로 모래알처럼
살아가는 수밖에 없습니다.
외로움과 자유는 동전의 양면과 같습니다.
자유로워질수록 혼자 결정하고
　책임져야 할 일도 많아집니다.

오도 함께 해야 합니다. 더 많은 자유와 외로움이 넘치는 시대에는 뭉치면 살고 흩어지면 훨씬 더 잘삽니다.

뭉치는 것만 옳다고 여기면 차별이 생깁니다. 차별은 '우리끼리'를 만듭니다. '우리끼리'는 옳고 그름을 판단하는 저울보다 멀고 가까운 걸 재는 자를 더 좋아합니다. 관용 대신 편 가르기가 생기고 나도 모르게 내 안에 파시즘을 키우게 됩니다. 『십자군 이야기』를 쓴 만화가 김태권씨의 말마따나 이젠 영웅을 기다리는 대신 우리의 고만고만한 능력을 어떻게 잘 모아볼까 고민해봐야 합니다. 『강아지똥』의 권정생 작가는 "하느님 나라는 절대 하나 되는 나라가 아니라 빛깔과 모양이 다른 일만 송이 꽃들이 조화를 이루는 나라"라고 하였습니다. 자유롭지만 외로운 모래알들이 각자의 재능을 꽃피운다면 우리도 모르는 사이에 당당하고 우아한 삶을 살 수 있지 않을까요?

가장 행복한 삶이란 인간관계나 인간관계 이외의 것 어느 한쪽에 대한 관심을 유일한 구원의 수단으로 이상화하지 않는 삶일 것이다.

_『고독의 위로』에서

『마음을 쏘다, 활』에 소개된 일본 궁도의 명인 아와 겐조는 목표를 정확하게 맞추기 위해서 화살을 발사하는 법을 배우는 데 집착하면 할수록 목표를 맞추기는 더 어렵고, 또 발사법을 배우기는 더 힘들다고 하였습니다. 외로움을 이기는 방법도 활쏘기와 비슷하지 않을까 싶습니다. 외롭다 외롭다 의식하기보다 어깨에 힘을 빼고 낭창낭창하게 살다 보면 과녁 앞에 부는 바람처럼 외로움도 자연스럽게 받아들일 수 있지 않을까 싶습니다.

밤 의   인 문 학

일 곱   번 째   밤

연애와 사랑

반면교사의 눈에 비친
사랑에 대하여

『모자란 남자들』 후쿠오카 신이치, 김소연 옮김, 은행나무, 2009년 출간
『미녀와 야구』 릴리 프랭키, 양윤옥 옮김, 중앙북스, 2011년 출간
『HOT』 밥장, 리더스컴, 2007년 출간
『마광수의 뇌구조』 마광수, 오늘의책, 2011년 출간
『만들어진 신』 리처드 도킨스, 이한음 옮김, 김영사, 2007년 출간

사랑에 실패하는 사람은 많지만 사랑에 대한 자신의 능력 부족이 실패
의 원인이라고 인정하는 사람은 거의 없다. 사랑을 유쾌한 감정놀음이
나 우연한 몰입쯤으로 이해하기 때문이다.

_ 이승우, 『생의 이면』 중에서

오늘 저녁은 사랑에 대해 말해보려고 합니다.(오~) 그런데 좀 민망
합니다. 과연 제가 사랑에 대해 말할 자격이 있나 싶습니다. 마흔이
넘었으니까 이제 불혹이죠. 불혹이 무슨 뜻인지 아시죠? 네, 어떤 일
에도 홀리지 않는다는 뜻입니다. 하지만 전 '유혹이 없어지는, 아니 유
혹받지 못하는 나이'로 받아들입니다. 마흔 넘은 아저씨를 애써 유혹
하고 싶은 분 어디 손 한번 들어보세요. (조용) 게다가 전 돌싱입니다.

불혹에다 돌싱인 사람이 사랑과 결혼에 대해 이야기한다? 왠지 어색합니다. 저도 사랑 이야기를 그다지 즐기지는 않습니다. 『세상의 중심에서 사랑을 외치다』를 읽을 바에야 차라리 과학서 『기생충 제국』을 꺼내듭니다. 모 잡지에서 남녀 간의 사랑에 관한 책을 추천해달라고 했을 때 보란 듯이 생물학자가 쓴 『모자란 남자들』과 남자들의 사랑을 다룬 『싱글맨』을 추천해주었습니다. 제가 비록 사랑은 이렇게 하는 거라고 말할 수는 없지만 대신 이렇게 하면 망한다는 반면교사 노릇은 할 수 있지 않을까 싶습니다.

특히 『모자란 남자들』은 꼭 추천하고 싶습니다. 남성들한테는 나 자신을 아는 데 도움이 됩니다. 여성들에게는 내 남자만 한심한 게 아니라 남자란 본디 한심하게 생겨 먹었다는 사실을 다시 한 번 확인시켜줍니다. 2012년 통계청이 발표한 『2011년 생명표』를 보면 2011년에 태어난 남자아이의 기대 수명은 77.6년, 여자아이는 84.5년으로 남녀 간 차이는 6.9년입니다. 과학이 발달할수록 기대 수명은 늘어나고 있지만 남녀 간의 수명의 차이는 여전합니다. 남자가 중노동을 하고 위험한 일을 많이 한다, 스트레스를 더 받아서 그렇다는 분도 있습니다. 하지만 이 책의 저자 후쿠오카 신이치는 깔끔하게 아니라고 합니다. 어느 나라, 어느 민족, 어느 시대나 남자들이 여자들보다 평균 수명이 짧았습니다. 한마디로 남자는 생물학적으로 모자라기 때문에 수명이 짧고 쉽게 질병에 걸리며, 정신적으로도 약하다고 합니다. 심지어 오래 사는 비결은 단 한 가지, 여자로 태어나는 수밖에 없다며 비꼬기까지 합니다.

Y염색체라는 불리한 제비를 뽑았기에, 기본 사양인 여성의 노선에서 이탈하여 유전자의 운반자 역할로 다시 태어난 남자들. 이 과정에 부하가 걸리고, 급히 변경된 남성의 생물학적 사양에 부정합을 발생시킨다. 마치 과도한 커스터마이즈(customize)로 인해 컴퓨터 내부에서 예상치 못한 소프트웨어의 충돌이나 설정 부정합이 발생하여 PC 자체가 정지되는 것처럼.

약한 자여 그대의 이름은 남자이니.

_『모자란 남자들』에서

생물학적으로 우리의 선배 격인 진딧물은 모두 암컷입니다. 암컷들로만 충분히 세대를 이어갑니다. 다만 밤이 길어지거나 기온이 내려가면 필요에 의해 수컷 진딧물을 만들어냅니다. 이렇게 급조된 수컷 진딧물이 하는 일이라고는 가능한 한 많은 암컷과 교미하는 일뿐입니다. 죽을 때까지 암컷에게 정자를 전달하는 일에만 매달립니다. 암컷은 수정란을 안전한 곳에 낳습니다. 수정란은 혹독한 겨울을 이겨냅니다. 그리고 봄이 되면 수정란은 모두 암컷으로 부화합니다.

인간도 비슷합니다. 남성이 탄생한 것은 진화의 결과입니다. 여성만으로도 충분히 종을 유지할 수 있지만 환경에 대응하기 위해 급조된 방편이라는 겁니다. 그래서 생물학적으로 본다면 남자의 존재 이유는 끊임없는 정자의 전달, 섹스일 뿐입니다. 또한 남자가 섹스에 매달리는 건 그것이 남자를 지배하는 가장 극적인 마약이기 때문입니다. 덕분에 넌 왜 그렇게 지질하느냐고 추궁당해도 난 모자란 남자이니까 어쩔 수 없지 않느냐며 그저 어깨만 으쓱거리면 됩니다. 여자 분들은 좋겠습니다. 생물학적으로 완벽한 데다가 오래 살잖습니까? 다만 모자란 남자들과 사랑하고 섹스해야 한다는 게 안타까울 따름입니다. 하지만 누구 탓을 하겠습니까? 진화를 탓해야죠, 뭐.

「러브 액추얼리」나 수목드라마 속 사랑은 아름답고 낭만적입니다. 그런데 우리의 사랑은 왜 그다지 멋지지 않을까요? 내가 조인성이 아니고 너도 김태희가 아니라서요? 그럴 수도 있겠지만 저는 영화나 드라마에서 보는 '사랑의 마법'은 편집에 있다고 생각합니다. 영화는 「내 아내의 모든 것」의 시작부 연애 장면처럼 번쩍하고 황홀한 순간만 오려내 연달아 보여줄 수 있습니다. 하지만 현실은 언제나 롱테이크입니다.

(모텔) 입구에서 버벅거리던 모습은 없고
키스 장면은 있는데

정사 장면은 없고

정사는 있는데

흘리고 닦고 뒷정리하는 모습은 없네.

순정 만화 같은 사랑이란

앞의 것만 '하는' 게 아니라

앞의 것만 '이야기하는' 것.

뒤의 것은 다음 기회가 오기 전까지

깨끗하게 잊어버리는 것.

_「HOT」에서

제가 쓴 「순정 만화」란 글입니다.

사랑이라고 하면 전 릴리 프랭키가 떠오릅니다. 『도쿄 타워』라는 작품으로 일본 사람들의 눈물을 쏙 빼버린 작가입니다. 하지만 그가 쓴 에세이 『미녀와 야구』를 보면 '아이고, 이 사람 혹시 양아치 아냐?'라는 말이 절로 튀어나옵니다. 약속 시간 안 지키기로 유명하고 방송에서 막말도 잘 합니다. 인간에게 위아래는 없어도 좌우는 있다고 믿는 친구가 사랑에 대해서는 뭐라고 했을지 기대되시죠?

릴리 프랭키는 긴장감이 풀어지는 관계에서 가치를 발견한다면서 친해질수록 칠칠맞게 굴려고 노력하고 상대도 그러길 원한다고 말합니다. 예를 들면 진흙처럼 썩은 입 냄새를 끼었거나 칠칠맞게 웃거나 하는 행동들이요. 방귀를 트는 것보다 훨씬 더 진도가 나간(?) 사이이 군요. 여기서 끝이 아닙니다. 문을 열어놓고 괜찮은 똥이 나오면 일부러 상대를 불러 보게 하고 생간 같은 생리혈을 감상하며 의견을 나누는 것에 대한 예도 있습니다. 좀 독특한 연애관이죠.

전 사랑을 곧잘 애무에 비유합니다. 예를 들면, 전 네 번째 발가락이 무척 예민합니다. 그런데 그녀는 줄곧 내 엄지손가락만 만지작거립니다. 심지어 내가 좋아할 거라 여기고 열심히 빨아줍니다. 저를 위해 애쓰는 그녀가 참 사랑스럽습니다. 날 얼마나 사랑하는지 알기에 '사실은 네 번째 발가락이야'라고 차마 내밀지 못하고 꼼지락거립니다. 이것까지 해달라면 왠지 변태 취급 당할 것만 같습니다. 사랑하는 사람에게는 뭐든지 다 해주고 싶습니다. 또한 어림없는 짓을 해달라고 조르고도 싶습니다. 더럽고 치사하고 유치한 욕구를 알아서 채워주면 좋겠다며 속으로 애타게 바랍니다. 릴리 프랭키는 사랑의 이런 면모를 너무나 잘 알고 있습니다. 그래서 '초장에 더러운 게 나아. 나 프랭키야. 릴리 프랭키. 그냥 다 털어버려. 그래야 진짜 좋아하는 게 뭔지 안다니까'라고 속삭이는 듯합니다.

고대 철학자 세네카는 사랑받고 싶으면 먼저 사랑하라고 말했습니다.
영화 <월플라워>에서 로건 레먼은 에마 왓슨에게
우린 자기가 받을 만큼 사랑을 받아들인다 라고 합니다.

우리가 평생 동안 이야기를 한다고 해도, 어쩌면 단 일 분의 공허함을 무한히 반복하는 것에 지나지 않을 수도 있다.

_『프루스트가 우리 삶을 바꾸는 방법들』에서

다른 사람 보기에 멋있다고 멋진 사랑이 아닐 수 있습니다. 욕구란 언제나 솔직합니다. 솔직해도 너무 솔직합니다. 채워지지 못한 욕구는 마음 바닥에 남아 찰랑거리기 마련입니다. 사랑한다면서 속마음을 제대로 꺼내지 못하면 나쁜 사람이 됩니다. 난 잘 지내고 싶어서 말 안 하고 참았을 뿐이라고 이야기해봐야 별로 나아지지 않습니다. 오해는 쑥스러움으로 시작됩니다. 내 곁에 있는 가장 소중한 사람은 가장 오해하기 쉬운 사람입니다. 함께 살면 언제나 문제가 일어날 수밖에 없습니다.

흔히 대화로 문제를 풀 수 있다고 합니다. 하지만 도대체 어떤 이야기를 나누어야 할까요? 그냥 아무 이야기나 하면 될까요? 칭찬과 덕담을 쏟아내면 될까요? 저도 나름대로 이야기 많이 했습니다. 하지만 진짜 하고 싶은 이야기, 네 번째 발가락 이야기는 하지 못했습니다. 어쩌면 사랑한다는 말만 백만 번 반복하기보다 평소와 달리 오늘 변기에 똥이 뜨지 않았다고 말하는 편이 더 나을 수 있습니다. 사랑은 은밀할수록, 둘만이 나눌수록, 남한테 보여주기 어려울수록 순도가 높습니다. 어차피 인간은 공기의 불순물에서 태어났습니다. 순수하고 깨끗한 사랑에 대한 강박은 내려놓으시고 이제부터라도 마음껏 불순해지길 바랍니다.

사랑이 불안할 때는 타로 점을 많이 보시죠? 하지만 예상은 보기 좋게 빗나가버리기 일쑤입니다. 만약 미래를 맞추었다 하더라도 그건 현재의 자기 암시가 만든 미래일 겁니다. 그러니 미래는 잊어버리고 지금 저지르면서 낭창낭창하게 사는 수밖에 없습니다. 우리 사이가 앞으로 어떻게 될지는 아무도 모릅니다.

고대 로마 철학자 세네카는 사랑받고 싶으면 먼저 사랑하라고 말했습니다. 예수는 무엇이든지 남에게 대접받고자 하는 대로 너희도 남을 대접하라는 황금률을 남겼습니다. 영화 「월플라워」에서 로건 레먼은 에마 왓슨에게 "우린 자기가 받을 만하다고 생각하는 만큼 사랑을 받아들인다"(We accept the love we think we deserve)라고 말합니다. 그리고 마광수 교수는 사랑은 오직 에로스밖에 없고 필리아, 아가페는 그저 대용물일 뿐이라고 툴툴거립니다(그거라도 있어야 살 수 있으니 소홀히 할 수 없다고는 합니다만). 마지막으로 어느 생물학자는 젖꼭지를 집중적으로 애무하면 옥시토신 분비로 결속감이 더욱 깊어진다고 지적합니다. 생물학적인 존재로서의 여러분을 인정하며 사랑의 태도를 고민해보면 어떨까요?

"남친과 헤어졌는데
기분이 더러워요"

Q. 남자친구와 헤어진 지 6개월이 넘었습니다. 남자친구는 동갑이고 대학교 4학년 때 만났어요. 처음 만났을 때 한눈에 반했고 너무나 행복하게 3년을 함께 보냈습니다. 이후 저는 대학을 졸업하고 취직해 1년간 직장을 다녔고, 남자친구는 졸업반이 되었습니다. 그러다가 뭔가 부족한 기분이 들고 현실을 벗어나고 싶기도 해서 워킹 홀리데이로 호주에 가기로 마음을 먹었습니다. 때마침 남자친구도 마지막 학기를 남겨두고 일본으로 어학연수를 떠나게 되었죠. 그런데 얼마 뒤 그 남자가 저에게 헤어지자고 하더군요. 헤어진 뒤 한 달이 지나서 그의 페이스북을 보니 웬 백인 여자와 얼굴을 맞대고 웃으며 찍은 사진들이 올라와 있었습니다. 순간 온몸에 피가 거꾸로 솟더라구요. 밥장님에게 묻고 싶어요. 어떻게 하면 이런 더러운 기분에서 벗어날 수 있을지 말이죠.

A. 과학과 기술이 발전해서 우리는 우주의 끝까지 바라볼 수 있습니다. 그런데도 고릿적 사랑 노래에 아직 마음이 흔들립니다. 그런 걸 보면 사랑의 기쁨과 슬픔, 만남과 헤어짐의 모습은 다들 비슷하고, 또 연애 문제에 대해 아직까지 인류는 별다른 해답을 찾지 못한 게 아닐까 싶습니다. 한 가지 확실한 것은 사랑도, 아니 무슨 일이든 상대를 탓해봐야 내 마음만 더 다친다는 겁니다. 원망받는 사람이야 귀나 좀 가려울까 내가 이렇게 마음고생 하고 있는지도 모릅니다.

흐트러진 감정을 추스르는 방법은 두 가지 정도가 아닐까 싶습니다. 질릴 때까지 뭔가에 푹 빠져보기, 아니면 다른 사랑이나 사람으로 털어내기. 사람을 잊는 건 담배를 끊는 일과 같습니다. 토 나올 때까지 피워보거나 아니면 오늘부터 딱 안 피우거나 둘 중 하나입니다.

밤의 인문학
여덟 번째 밤

일과 꿈

꿈꾸면서도 먹고사는
방법에 대하여

녹화 2년 때 쓰는
늑대용 확성기

『감동을 만들 수 있습니까』 히사이시 조, 이선희 옮김, 이레, 2008년 출간
『핑퐁』(1~5권) 마츠모토 타이요, 김완 옮김, 애니북스
『심야식당』(1~10권) 아베 야로, 조은정 옮김, 미우

"요즘 집에서, 학교에서, 학원에서는 대학과
공부 얘기뿐이에요. 만약 대학에 잘 못 가면 엄마에게 많이 죄송스럽
고 많이 두려울 것 같긴 하지만 좌절하진 않을 것 같아요. 어느 대학
이든 저는 그림을 그리고 노래를 부를 거니까요."

지난해 고3 친구들이 영월에서 홍대 앞까지 찾아왔습니다. 그래서
수제 햄버거를 사주면서 이런저런 이야기를 나누었습니다. 식사가 끝
날 즈음 한 친구가 우물쭈물하면서 가방에서 뭘 꺼내더군요. 선물로
준비했다며 몰스킨을 건네주었습니다. 몇 페이지에 걸쳐서 손글씨와
그림이 빼곡하게 채워져 있었습니다. 함께 온 친구들이 돌려가며 그
림 그리느라 손때가 묻어 있었습니다. 문득 대학교 1학년 때 여자친구
에게 주었던 선물이 떠올랐습니다. 좋아하는 음악을 골라 녹음한 카

세트 테이프였습니다. 그녀는 추억 속에서 희미해졌지만 음악 리스트를 만들고 색연필로 표지를 그리던 기억은 생생합니다. 이 친구들도 시간이 흐르면 누구를 위해서였는지는 잊어도 친구들끼리 돌려가며 수첩에 그림 그렸던 기억은 남아 있을 겁니다.

한 어머니는 중학생 아들이 너무 그림에만 빠져 있어서 걱정된다는 글을 제 블로그에 남겼습니다. 그 글을 보니 얼마 전 경기도 교육청 강의를 하다가 만난 장학사 한 분의 이야기가 떠올랐습니다. 그분은 어머니들에게 자녀들이 갖길 원하는 직업을 적어보라고 했답니다. 대부분 열다섯 개 정도 쓰더랍니다. 그런데 우리나라에 등록된 직업이 혹시 몇 개나 되는지 아십니까? 한국고용정보원에서 발간한『2012년 한국직업사전』에 따르면, 우리나라의 직업 수는 무려 1만1,655개입니다. 1만1,655개에서 15를 빼면 몇 개가 남을까요? 여전히 1만 개를 훌쩍 넘습니다. 다시 말하면 어머니들은 지금 1만 개의 가능성을 무시하고 오로지 열다섯 개의 직업에만 매달려 자녀들을 닦달하고 있는 겁니다.

게다가 시간이 흐르면 인기 직업도 바뀝니다. 1996년 저는 대기업 통신사에 입사했습니다. 그때 휴대전화를 처음 써보았습니다. 문자도 안 되고 한글 지원도 안 되었습니다. 인터넷은 회사에서도 전화선으로 접속하였습니다. 나이트클럽에 휴대전화를 가져가면 속된 말로 먹어주었습니다. 그런데 17년이 지난 지금 어떻습니까? 꿈꾸던 미래가 어느새 익숙한 현실이 되었습니다. 그러니 20년 뒤 자녀들이 한창 활동할 때 세상은 또 어떻게 변할까요? 적어도 어머니들의 상상을 가볍게 뛰어넘는 세상이 되어 있을 겁니다. 아이들은 상상도 못한 일을 하면서 돈을 벌고 있겠죠. 그리고 어떤 일이 미래의 직업이 될지는 자녀들이 훨씬 잘 알고 있을 겁니다. 그러니 어머니, 이젠 낡은 상식에 매달리지 마세요. 어머니가 좋아하는 직업은 이미 단물 다 빠져서 껍데기만 남았습니다. 그리고 제발 직업 차별하지 마세요. 이제는 구별만 있을 뿐입니다. 부지런히 좌우를 둘러보시고 자녀들과 함께 취향을 나눠보세요.

얼마 전 에밀 아자르(로맹 가리)가 쓴 『솔로몬의 왕의 고뇌』를 읽다가 '기성화된 꿈'이라는 글귀를 읽었습니다. 사람들이 자기 꿈이라고 말하는 것 대부분이 남들이 버릇처럼 말한 것이고, 꿈을 이룬답시고 이런 걸 생각 없이 따르는 경우가 많다는 겁니다. 이제는 자녀보다 어머니 자신의 꿈에 대해 생각해보세요. 때로는 버릇없거나 야하거나 거지 같은 꿈이 진짜 내 꿈일 수도 있습니다. 그리고 어머니가 먼저 꿈꿀 때 비로소 자녀들이 꿈꾸는 법을 배울 수 있습니다. 좋으면 따라하기 마련입니다. 이미 정해진 길에서는 더 이상 새로운 것이 나올 수 없습니다. 그러니 어머니, 제발 부탁입니다. 어머니 말씀만 들으면 어머니보다 못한 사람이 됩니다.

조금 흥분했네요. 전 꿈을 말할 때면 노랫말 하나가 떠오릅니다. 유명한 작품의 주제가인데 한번 듣고 나면 '그래. 정신 차리고 오늘도 힘껏 달려보자구' 하며 에너지 드링크를 한 번에 들이켠 것처럼 눈이 번쩍 뜨이고 심장이 벌렁벌렁합니다.

'대답할 수 없어'라니. 그런 건 싫어!
지금을 살아가고 있다는 것만으로 뜨거운 가슴이 타올라.
그래서 가는 거야, 미소 지으며.

무엇이 너의 행복이고 무엇을 하면 즐겁니.
알지 못한 채 끝나다니, 그런 건 싫어!
잊지 말아줘 꿈을, 흘리지 말아줘 눈물을.

시간은 빠르게 흘러가고 빛나는 별도 언젠가는 사라져.
그러니까 가는 거야, 웃음 지으며.

무슨 노래냐구요? 「날아라 호빵맨」 일본어 판 주제가입니다(우리나라 말로 바꾼 노랫말은 형편없습니다. 고작 세균맨을 물리치자는 소리만 늘어놓습니다). 이 만화를 보다 보면 아이들의 눈높이를 맞추는 것과 유치한 것은 전혀 다르다는 걸 알 수 있습니다.

전 그림 그리기 전까지 맞지 않는 옷을 껴입었습니다. 하지만 맞지

무엇이 너의 행복이고 무엇을 하면 즐겁니.
알지 못한 채 끝나다니. 그런 건 싫어!
잊지 말아줘 꿈을. 흘리지 말아줘 눈물을.

시간은 빠르게 흘러가고 빛나는 별도 언젠가는 사라져.
그러니까 가는 거야. 웃음 지으며.

않는 옷은 불편하기 마련입니다. 그림으로 바꿔 입으니까 참 편합니다. 게다가 저만의 스타일도 생겼습니다. 그렇다고 그림을 처음 그린 날이 '유레카'를 외친 순간은 결코 아니었습니다. 별 뜻 없이 시작했고 재미가 붙어 자꾸 그리다 보니 실력도 조금씩 늘었습니다. 그림을 그릴 때는 스케치를 하지 않고 바로 그립니다. 다음 선을 어떻게 그릴지 그때 그때 결정합니다. 그리면서 생각하고 또 생각하면서 그리다 보면 자연스레 큰 그림이 완성됩니다. 꿈도 일도 마찬가지입니다. 작은 행동과 결정이 쌓여서 큰일이 됩니다. 애초부터 큰일이 따로 있는 게 아닙니다. 깨알같이 일하고 재미를 느끼다 보면 어느새 흰개미처럼 거대한 개미집을 지을 수 있습니다.

"천천히. 하지만 확실하게."

레알 마드리드의 무리뉴 감독이 2011~2012 시즌 프리메라리가 우승 트로피를 거머쥐면서 한 말입니다. 이것이야말로 속도가 대접받는 시대에 오히려 꿋꿋이 설 수 있는 진짜 비결이 아닐까요. 영화 「카게무샤」에서 죽어가는 장군이 그림자 장군에게 남긴 말은 '산은 움직이지 않는다'였습니다. 속도와 이동의 시대에는 오히려 한자리를 오랫동안 지키는 것도 꿈을 이루는 비결이 될 수 있습니다.

얼마 전 여동생이 큰 수술을 받았는데 집도를 맡은 의사가 다른 의

사들에게 "네 아버지나 어머니가 수술대에 있다고 생각해라"라고 말했답니다. 다행히 깔끔하게 수술이 마무리되어 빠르게 회복하고 퇴원했습니다. 최고의 외과 의사는 숙련된 기술로 완벽하게 수술해서 병을 고치는 의사입니다. 음악감독인 히사이시 조는 미야자키 하야오 감독과 함께 「하울의 움직이는 성」을 비롯, 「벼랑 위의 포뇨」 「센과 치히로의 행방불명」 「원령공주」 「바람계곡의 나우시카」 「천공의 성 라퓨타」 「마녀배달부 키키」를 만들었습니다. 오랫동안 많은 작품을 함께 만들었으니까 꽤 친할 법도 한데 그는 정색을 합니다.

나는 지금까지 수차례 미야자키 하야오 감독의 애니메이션 음악을 만들었지만 한 번이라도 음악이 좋지 않으면 다음에는 나에게 의뢰를 하지 않을 것이란 사실을 알고 있다. 나는 항상 그런 절박한 심정으로 일을 하고 있고, 매번 진검승부이다.

_『감동을 만들 수 있습니까』에서

기자들이 인터뷰를 하거나 기사를 쓸 때면 저에게 **어떻게 불리길 원하는지** 물어봅니다. 일러스트레이터, 아티스트, 프리랜서, 작가 다 좋다고 했습니다. 그림으로 인정받아 그림으로 먹고살 수 있다면 어떻게 불려도 상관없습니다. 프리랜서는 제 몸으로 익힌 기술과 노동으로 먹고삽니다.

그런데 경력이 쌓여도 제값을 받고 일하는 건 쉽지 않습니다. 나 여기 있어요, 일할 준비 다 되었다고 고래고래 소리 질러야 겨우 일거리가 떨어집니다. 좀 서글프지만 우리 모두는 둘 중 하나입니다. 프리랜서이거나 잠재적 프리랜서입니다. 아무리 탄탄한 회사에 다녀도 마지막 직업은 결국 프리랜서입니다. 혼자 일하는 건 두렵습니다. 그러나 어쩔 수 없습니다. 부지런히 일해서 이름값을 어서 올려 제값을 받는 수밖에 없습니다.

만화 『심야식당』을 그린 아베 야로 씨를 몇 년 전 한 식당에 만났습니다. 실제로 그는 마음씨 좋은 아저씨였습니다. 가져간 『심야식당』에는 마스터를, 『야마모토 귀 파주는 가게』에는 여주인을 그려주었습니다. 그는 광고 회사에 다니다가 40대에 만화가로 데뷔하였습니다. 우리나라에서 그림으로 먹고살고픈 사람들에게 어떤 말을 해주고 싶은지 물었습니다.

저는 광고회사에 있다가 40대에 데뷔하였습니다. 무엇보다 자신만이 그릴 수 있는 그림이 중요합니다. 개성이 가장 중요합니다. 무엇을 그릴까 늘 생각하고 노력도 해야 합니다. 제 그림은 일본에서 40~50대들이 즐겨봅니다. 그러려면 작가인 저도 어느 정도 경험이 필요합니다. 여러분들도 마찬가지입니다. 조급해하지 말고 그리면 됩니다.

지금 꿈과 전혀 관계없는 일을 한다고 해서 너무 조급해할 필요는 없습니다. 가랑비에 옷 젖는 줄 모르는 법입니다. 천천히 하지만 확실하게 한 발자국씩 내딛으면 됩니다. 그런데 마츠모토 타이요의 만화 『핑퐁』에서는 마냥 꿈을 위해 달려가도 한계가 찾아올 수 있다고 합니다. 꿈을 꾸기도 전에 기부터 죽는 거죠.

노력을 이기는 재능은 없다.
그러나 노력의 끝에서 만난 재능을 이길 수는 없다.

_『핑퐁』(제5권)에서

에디슨은 천재는 "1퍼센트의 영감과 99퍼센트의 땀"이라고 했습니다. 저는 이 문장을 읽을 때마다 1퍼센트의 영감이 99퍼센트의 노력을 이끌어낸다고 여깁니다. 영감은 방향입니다. 도대체 어디를 보면서 가야 할지 알려주는 나침반과 같습니다. 저처럼 그림을 그리는 사람에게는 말로 설명할 수 없는, 아무리 공부하고 데생을 연습해도 알 수 없는 무엇에 대한 이야기일 수도 있습니다. 그래서 영감을 얻는 데 시간이 걸리기도 합니다. 영감이 찾아올 때까지 그저 묵묵히 그려대는 수밖에 없습니다.

영감이 오지 않을까, 천재가 되지 못할까 미리 걱정 안 하셔도 됩니다. 도리어 오지 않는 영감을 핑계 삼는 게 나약한 겁니다. 똥인지 된장인지는 찍어 먹어봐야 아는 법입니다. 자꾸 찍어 먹어봐야 재능도 발견합니다. 영감 하나를 실현하기 위해 아흔아홉 번의 시행착오를 해야 합니다. 노력이란 다른 말로 하면 시행착오입니다. 아무것도 안 하면 그저 0에 머무를 수밖에 없습니다. 오늘부터 엔진에 시동을 걸어 보시길 바랍니다. 기어를 높이고 엑셀을 있는 힘껏 밟아보시길 바랍니다. 좋아하면 오래할 수 있고 오래하면 잘할 수 있습니다. 꿈을 이룬다는 것은 좋아하는 것을 찾기 위해 마음껏 상상하며 헤매는 것입니다.

한 번이라도 음악이 좋지 않으면
다음에는 나에게 의뢰를 하지 않을 것이란 사실을 알고 있다.
나는 항상 그런 절박한 심정으로 일을 하고 있고,
매번 진검승부이다.
『감동을 만들 수 있습니까』에서

"초심을 잃을까
걱정됩니다"

Q. 전 회사를 다니면서 대학을 다녔습니다. 원하던 디자인 공부를 할 수 있어서 힘들어도 즐겁게 했습니다. 그런데 요즘은 너무 힘이 듭니다. 일정이 빡빡해서 몸과 마음이 지친 건지 초심을 잃은 건지 잘 모르겠습니다. 그런데 어느 순간부터 나 편한 대로 합리화하고 있는 듯한 기분이 들었습니다. 당연히 결과는 좋지 않았습니다. 최선을 다하지 않았으니 그럴 만도 합니다. 하지만 이런 사실을 잘 알면서도 쉽게 털어내지 못하고 있습니다. 친구들은 '슬럼프가 온 것뿐이다' '여태까지 너무 힘들어서 그렇다'라고 위로해줍니다. 디자인 공부가

너무 좋은데도 힘이 듭니다. 어떻게 하면 슬럼프에서 벗어나 초심을 되찾을 수 있을까요?

A. 유명한 분들이 인터뷰를 하면 꼭 초심을 잃지 말라고 합니다. 제겐 마치 사장님이 직원더러 주인의식을 가지란 말처럼 들립니다. 주인 아닌 사람이 어떻게 주인의식을 가질 수 있겠습니까? 처음이 아닌데 초심을 가질 수는 없는 노릇입니다. 연애를 할 때 왜 마음이 변했느냐며 예전 같지 않다고 다그치면 전 할 말이 없습니다. 진짜 마음이 변했고 예전 같지 않거든요. 설렘은 몹시 힘이 세지만 그만큼 에너지가 많이 듭니다. 마냥 설레기만 한다면 아마 몸이 버텨내질 못할 겁니다. 사람이든 공부든 중요한 건 설렘과 설렘 사이 밋밋하게 흘러가는 시간입니다. 이 시간의 주인은 버릇

밋밋한 이상을
재미로
채워보세요.

과 습관입니다. 그리고 나를 둘러싼 사람들과의 사소한 만남입니다.

흔히 피할 수 없으면 즐기라고 합니다. 하지만 생각 없이 하게 되는 버릇과 습관이 시간을 지배한다 싶으면, 즐길 수 없으면 피하는 게 맞습니다. 번쩍이는 황홀한 순간만으로 평생을 사는 분도 있습니다. 하지만 대부분의 사람들은 버릇과 습관으로 얼룩진 일상을 삽니다. 그래서 일상이 재미없으면 인생이 재미없습니다. 그러니 재미없는 사람이 있으면 얼른 피하시고 재미없는 일이 벌어지면 역시 얼른 피하시길 바랍니다.

대신 재미나는 일과 사람이 눈에 띈다면 아무리 사소하더라도 좀 더 시간을 두고 붙잡으시길 바랍니다. 만약 새로 만난 분과 수다가 너무 재미있다면 중요하지만 재미없는 업무는 잠깐 미뤄도 괜찮습니다. 그(녀)를 붙잡고 한 시간만 더 수다 떠시길 바랍니다. 밋밋한 일상이 즐거워지고 기분도 상쾌해집니다. 큰 걱정이 나를 괴롭히는 것처럼 보이지만 따지고 보면 밋밋한 시간이 너무 많아서, 그저 심심해서 그럴 수도 있습니다.

밤의 인문학
아홉 번째 밤

여행

티 안 내고 여행을
자랑하는 방법에 대하여

『여행의 기술』 알랭 드 보통, 정영목 옮김, 이레, 2011년 출간
『하루키의 여행법』 무라카미 하루키, 김진욱 옮김, 문학사상사, 1999년 출간
『카탈로니아 찬가』 조지 오웰, 정영목 옮김, 민음사, 2001년 출간
『모던 수필』 이태준 외, 방민호 엮음, 향연, 2003년 출간
『나는 왜 쓰는가』 조지 오웰, 이한중 옮김, 한겨레, 2010년 출간

얼마 전에 다큐멘터리 촬영 때문에 그리스 아테네에 갔습니다. 호텔 방에서 테라스를 열면 아크로폴리스가 보였습니다. 밤에는 조명 덕분에 파르테논 신전이 손에 잡힐 듯 가까이 다가왔습니다. 가로수는 모두 오렌지 나무였고 주먹만 한 오렌지가 탐스럽게 열려 있었습니다. 남자들은 단단하고 여자들은 무척 아름다웠습니다. 어디를 찍든 누구를 찍든 그야말로 달력 사진이었습니다.

그런데 그리스 사람들 중에는 카메라를 든 사람이 거의 없었습니다. 저처럼 관광 온 사람들만이 게걸스럽게 셔터를 눌러댔습니다. 왜 그럴까요? 늘 보는 파르테논 신전, 제우스 신전, 그리고 걸어 다니는 여신들까지. 아마 아름다움에 익숙해지면 굳이 사진 찍을 필요가 없어지나 봅니다.

우리나라는 어떤가요? 관광객이 아니더라도 사진 찍기에 그야말로 미쳐 있습니다. 어쩌면 우리가 사는 곳이 있는 그대로 보면 너무 삭막하니까 어떻게든 아름답게 보려고 렌즈를 바꾸고 필터를 끼우고 포토샵으로 보정하는 게 아닐까요?

여행을 하는 심리는 무엇인가? 수용성이 제일의 특징이라고 말할 수 있을 것이다. (……) 어떤 것이 재미있고 어떤 것이 재미없다는 고정관념은 버리게 된다. (……) 우리는 정부 청사 지붕이나 벽에 새겨진 글에 흥미를 느껴 차에 치일 위험을 무릅쓴다. 우리 눈에는 어떤 슈퍼마켓이나 미장원이 유난히 매혹적으로 보인다. 우리는 차림표의 레이아웃이나 저녁 뉴스 진행자의 옷을 꼼꼼히 들여다본다.

_『여행의 기술』에서

여행에 대해 할 수 있는 멋진 말은 이미 알랭 드 보통이 『여행의 기술』에서 다 해버렸습니다. 전 그저 적당한 문장을 꺼내서 곱씹어볼 뿐입니다.

2012년 겨울 베를린 시내를 혼자 다닐 때 제 카메라는 살짝 흥분했습니다. 렌즈가 향하는 곳을 보며 베를리너들은 '저걸 왜 찍는 거야?'라며 의아해했을지도 모릅니다. 베를린이 좋냐, 나쁘냐 가늠하는 것보다 여행하러 왔다는 게 먼저입니다. 거리를 걸으면 전 바싹 마른 스

폰지가 됩니다. 뭐든 빨아들일 준비가 되어 있습니다. 델리카트슨에서 먹은 푸짐한 샐러드와 고기, 아우구스티너에서 홀짝거렸던 둔켈 맥주, 콜비츠 갤러리가 열리길 기다리며 카페에서 마신 따뜻한 카푸치노 한 잔, 그리고 골목 끝자락에서 발견한 그라피티까지. 멋진 여행지가 따로 있는 게 아닙니다. 어디를 가든 내가 바뀌면 세상도 바뀌는 법입니다.

여행을 떠나면 나를 가둬두는 일과 시간에서 잠시 벗어날 수 있습니다. 그래서 어디로 가는지는 상관없습니다. 여행의 참맛은 '어디로 가느냐'보다는 '여기에서 벗어남'에 있으니까요. 일본의 사진작가 아라키는 인생을 바꾸고 싶으면 여자를 바꾸고, 남자를 바꾸고, 장소를 바꾸라고 충고합니다. 그는 카메라 앞에서 모델의 옷을 잘 벗기기로 유명합니다. 큰 재주죠. 여자나 남자는 도저히 바꿀 수 없다면 가볍게 장소라도 바꿔보시길 바랍니다. 혹시 압니까? 우연히 들른 아테네 카페에서 기적처럼 아름다운 연인을 만나게 될지 말이죠.

기타노 다케시는 말도 안 되는 화장실 유머와 독설을 내뱉다가도 정색하고 피비린내 가득한 영화를 들이밉니다. 마치 '네가 나를 얼마나 알고 있는지 몰라도 이번에는 감당하기 힘들 거야. 단단히 각오하라고'라며 낄낄거리는 듯합니다. 그는 포르쉐를 사고 나서 다른 사람에게 타게 하고는 자신은 다른 차를 타고 졸졸 따라다닙니다. "포르쉐를 타면 포르쉐를 볼 수 없잖아, 이 바보야." 여행도 마찬가지입니다.

어쩌면 여행의 본질은 자랑이 아닐까요? 다만 다케시처럼 얼마나 세련되고 색다르게 하느냐가 문제겠지요.

그렇다면 나의 여행은 어떻게 자랑해야 할까요? 수많은 여행 책을 뒤적거리다 보면 몇 가지 유형이 나옵니다. 첫째, 정보 지향형입니다. 유명한 여행 블로거는 마치 여행지 한곳을 오려서 온 것처럼 세밀하게 보여줍니다. 젓가락을 내밀면 모니터 밖으로 음식이 튀어나올 것만 같습니다. 나도 **저길** 가보고 싶다, 나도 **저걸** 먹고 싶다라는 생각이 절로 듭니다. 둘째, 감성 발산형입니다. 베스트셀러라면 왠지 읽기 싫고 남이 하면 괜히 하기 싫은 사람들이 이런 여행에 몹시 끌립니다. 여행을 가서도 애써 필름 카메라를 챙겨 가거나 디지털 카메라라도 P 모드로는 절대 사진 찍지 않습니다. 이런 분들에게 이병률의 『끌림』 『바람이 분다 당신이 좋다』는 성경이나 다름없습니다. 『러브앤프리』 『어드벤처 라이프』를 쓴 다카하시 아유무도 비슷합니다. 이병률 작가보다는 긍정의 에너지가 더 넘친다고 할까요? 『어드벤처 라이프』를 저는 농담 반, 진담 반 불온서적이라고 소개합니다. 왜냐하면 이 책을 주변 사람에게 권해주고 나면 꼭 잘 다니던 회사를 집어치우더라고요. (웃음) 셋째, 밀착 취재형입니다. 한 가지 주제를 좇아 끝없이 파고듭니다. 책벌레 다치바나 다카시의 『에게 영원회귀의 바다』 『사색기행』 『우주로부터의 귀환』을 읽다 보면 제가 무슨 탐험가가 된 듯합니다. 그 외에 도무지 분류하기 어려운 경우도 있습니다. 그저 브루스 채트윈의 『파타고니아』 스타일, 후지와라 신야의 『황천의 개』 스타일이라고 할 수밖에 없습니다(뜬금없지만 『끌림』이 생선구이라면 『황천의 개』는 생선 막회처럼 느껴집니다). 여러분은 어느 쪽에 더 끌리시나요?

자랑 하면 무라카미 하루키를 빼놓을 수 없습니다. 소설 속에 등장하는 인물만 봐도 그렇습니다. 번역 일을 하면서 크게 돈 걱정하지 않습니다. 옷은 늘 시크하게 차려입고 여자들은 주인공 주위를 맴돕니다. 섹스는 일상이고요. 그러면서 혼자가 좋다며 집에서 말린 꼬치고기를 좀 굽고, 무는 강판에 갈고, 『1Q84』에 묘사한 것처럼 파 넣은 조개 된장국을 끓여 두부하고 함께 해 먹습니다. 아, 오이하고 미역 초무침, 밥하고 배추절임을 빼 먹었네요.

아카풀코나 시와타네호나 이스타파나, 혹은 칸쿤이나 카리브의 섬들. 그것들은 멕시코가 제공하는 환상이요 '점'이다. 하지만 그 점과 점들 사이를 '선'으로 이으려 할 때 우리는 어쩔 수 없이 현실에 직면하게 된다.

_『하루키의 여행법』에서

사실 여행은 피곤합니다. 커피 한 잔 주문하거나 지하철 타는 데도 온 신경을 집중해야 합니다. 집에서는 잘 안 씻어도 여행만 가면 밤마다 샤워기에 매달리는 건 낮 동안 긴장한 몸을 위한 배려의 의식이 아닐까요? 그런데 하루키는 여행의 피로까지도 자랑합니다. '너는 오늘 말도 안 되는 기획서 붙잡고 오탈자 고치면서 꼼짝없이 책상에 붙들려 있었지? 나도 오늘만큼은 너보다 더 피곤하다고. 아카풀코까지 버스로 열 시간을 달렸는데 그야말로 지옥이었거든.' 누가 더 지옥 같은 하루를 보냈을까요? (웃음)

처음부터 여행이라고 마음먹고 떠난 건 아니지만 한참 뒤 되돌아보면 여행처럼 떠났던 시기가 보입니다. 소설 『1984』로 잘 알려진 조지 오웰은 스페인 내란에 참전하였습니다. 그 시절 이야기를 담은 『카탈로니아 찬가』는 여행 에세이처럼 보입니다. 비록 수많은 시간 동안 굶고, 잠 못 자고, 추위에 떨었고 심지어 부상도 당했지만 말이죠.

그 시기는 내 인생의 다른 시기들과는 워낙 달라서 벌써부터 마술 같은 속성을 지니게 되었다. 그런 속성은 보통 오래된 기억에만 생기는 것인데 말이다. 당시에는 지긋지긋했지만 이제 그 기억은 내 마음이 뜯어먹기 좋아하는 좋은 풀밭이 되었다.

_『카탈로니아 찬가』에서

저한테도 비슷한 시기가 있었습니다. 군 복무하느라 울진 원자력발전소 방파제를 지키며 보낸 24개월, 이혼 후 그림을 익히며 합정역 근처 오피스텔에서 보낸 15개월, 그리고 통영에서 보낸 3개월입니다.

지루하고 무미건조한 시간이었는데 기억의 창고에서 한참 발효되고 나니 이상하게 할 말이 많은 시기로 바뀌어버렸습니다. 꼭 열 시간씩 비행기를 타고 멀리 떠나야 자랑할 게 많아지는 건 아닙니다.

프랑스 작가 드 메스트르는 침실 구석구석을 다니며 『나의 침실 여행』이란 책을 냈습니다. 심지어 『나의 침실 야간 탐험』이라는 두 번째 책도 냈습니다. 조선시대 선비 이가환은 서재로 여행을 떠났습니다. 서재로 떠나면 먼지도 안 들어오고 책도 빼곡하게 꽂혀 있어서 쾌적하다, 더구나 창밖에서 무슨 일이 일어나는지 몰라 더 상쾌하다고 자랑합니다. 심지어 이태준은 남의 집 벽을 탐험합니다.

뉘 집에 가든지 좋은 벽면을 가진 방처럼 탐나는 것은 없다.

넓고 멀찍하고 광선이 간접으로 어리는, 물속처럼 고요한 벽면.

그런 벽면에 낡은 그림이나 한 폭 걸어 놓고 혼자 바라보고 앉았는 맛.

_「벽」(『모던 수필』)에서

여행은 언제나 뜯어먹기 좋은 풀밭이고 자랑하기 좋은 텃밭입니다. 어머니는 다녀오신 지 20년이 지났지만 아직도 인도 여행 이야기를 합니다. 친구랑 둘이서 식당에서 저녁을 먹고 음악을 연주해준 악사들에게 팁을 주었습니다. 그러자 인형극도 보여주고 악기도 빌려주어서 밤새도록 신나게 춤추며 놀았다고 합니다. 나중에 보니 10달러를 준다는 게 100달러를 잘못 주었다고 합니다. 그래도 여태껏 어머니가 간 여행 중에서 가장 재미있었다고 합니다. 거짓말 좀 보태서 100번 넘게 들었지만 늘 가만히 있습니다. 이야기를 듣고 있으면 어디선가 사각사각 풀 뜯어 먹는 소리와 함께 기분 좋은 허브 향이 나는 듯하기 때문입니다.

　여행을 떠나면 카메라와 함께 펜도 꼭 챙깁니다. 카메라는 찰나의 순간을 잡아내고 펜은 찰나의 이야기를 잡아냅니다. 머릿속은 늘 번개처럼 움직이기 때문에 생각을 붙잡아두기란 여간 어렵지 않습니다. 생각을 붙잡는 카메라가 있으면 좋겠지만 아직까지는 종이와 펜에 의존할 수밖에 없습니다. 지난해 네팔 카트만두에서는 사진을 찍는 만큼 몰스킨에 더 매달렸습니다. 다시 꺼내 읽어보면 이런 순간이 있었나 싶습니다. 고작 몇 달 전의 일인데도 말입니다. 사진은 찍고 나면 따로 정리해야 하지만 몰스킨에 적으면 그대로 정리가 됩니다. 그저 마음을 먹고 펜을 들고 그리기만 하면 됩니다. 그래서 펜은 아직도 힘이 셉니다(참고로 저에게 펜은 마하펜입니다. 잃어버려도 부담이 적기 때문입니다. 노트는 몰스킨 플레인 라지 사이즈입니다). 친구들을 만나면 일부러 몰스킨을 꺼내 뒤적거립니다. 맨해튼 지도를 오리고 지하철 티켓을 붙이고 그림을 그린 페이지를 슬쩍 넘깁니다. 그러면 '와. 뉴욕 다녀왔구나. 오. 그림도 참 멋지네'라는 감탄을 듣게 됩니다. 이게 제가 여행을 자랑하는 방법입니다.

상상력이란 야생동물과 비슷한 것이어서 가둬두면 번식하지 못한다는
점이다.

_『나는 왜 쓰는가』에서

조지 오웰이 말하는 상상력은 여행을 먹고 자랍니다. 한데 진짜 끝
내주는 여행은 밤하늘 여행입니다. 그저 고개만 들어도 지구에서 가
장 먼 곳까지 들여다볼 수 있습니다. 우주는 나와 당신을 비추는 가
장 크고 선명한 거울입니다. 그러니 우리는 멈출 수가 없습니다. 우주
의 끝까지 들여다보는 케플러 망원경도 고쳐야 하고 화성에도 새로운
탐사선을 보내야 합니다. 뉴호라이즌호가 2015년 소행성134340으로
불리는 명왕성에 잘 도착해야 합니다. 그리고 1977년 지구를 떠난 보
이저 2호가 무려 180억 킬로미터를 달려 태양계를 빠져나가 새로운
우주를 보여주길 기도해야 합니다. 여행, 더 나아가 탐험은 미래를 꿈
꿀 수 있게 해줍니다. 무료한 우리들에게는 거울과 함께 모험이 필요
합니다. 그리고 끊임없는 자랑거리도 필요합니다.

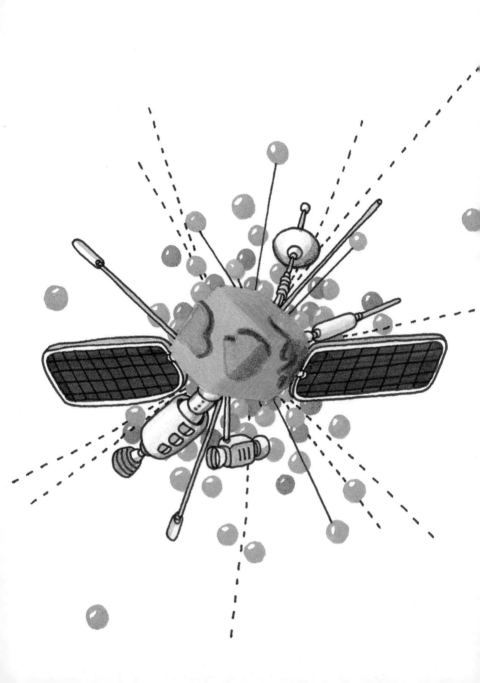

진짜 끝내주는 여행은 밤하늘 여행입니다.
그저 고개만 들어도 지구에서 가장 먼 곳까지 들여다볼 수 있습니다.
우주는 나와 당신을 비추는 가장 크고 선명한 거울입니다.

밤의 인문학
열 번째 밤

인간관계

날 괴롭히는 인간들을
물리치는 방법에 대하여

『데이빗 린치의 빨간방』데이빗 린치, 곽한주 옮김, 그책, 2008년 출간
『코끼리와 벼룩』찰스 핸디, 이종인 옮김, 생각의나무, 2005년 출간
『쌍전』류짜이푸 지음, 임태홍 · 한순자 옮김, 글항아리, 2012년 출간

얼마 전 「라이프 오브 파이」를 아이맥스 3D
로 보았습니다. 3D는 신기한 볼거리를 넘어서 이젠 종교적인 황홀경
까지 선사하고 있었습니다. 영화는 신과 인간의 관계에 대해 묻습니
다. 전 소설을 먼저 읽었습니다. 첫 장부터 마지막 장까지 남은 페이
지를 아까워하며 읽었습니다. 파이를 살린 건 호랑이 리처드 파커나
신이 아니라 파이 자신이었습니다. 정확하게 말하면 파이가 스스로
만들어낸 이야기를 믿었기 때문입니다.『백년 동안의 고독』을 쓴 소설
가 가브리엘 가르시아 마르케스도 '인생에서 정말 중요한 것은 당신
에게 실제로 벌어진 일이 아니라, 당신이 기억하고 있는 일과 당신이
그것을 기억하는 방식'이라고 하였습니다. 사람 사이에서도 마찬가지
입니다. 인간관계에서 벌어지는 갈등은 대부분 관계 자체보다 **관계에**

대해 어떻게 말하느냐에 달려 있습니다.

먼저 친구 하면 어떤 이미지가 떠오르시나요? 우정과 의리, 배신 (?) 같은 단어가 떠오릅니다. 친구라면 어디까지 감싸줘야 하고 또 어디까지 충고를 해주어야 할지 고민됩니다. 형, 동생 사이는 간단합니다. 형이라고 불리는 사람이 먼저 지갑을 열면 됩니다. 그러면 충고를 하든 덮어주든 마음대로 해도 괜찮습니다. 프루스트는 친구 사이에 애정과 진실은 양립 불가능하다고 잘라 말합니다. 즉, 진심 어린 충고를 해주면서도 애정을 담아 토닥거리는 친구란 있을 수 없다는 말이지요. 진심 어린 충고는 상대를 아프게 합니다. 프루스트는 친구에게 진실을 말해주는 쪽이었습니다. 그런데도 그를 절친으로 여기는 사람들이 많았다고 합니다. 그가 한 말로 미루어 보건대 친구는 감싸줘야 한다는 말에 갇히지 않았기 때문이 아닐까 싶습니다.

많은 남자들이 친구 하면 '의리'라고 힘주어 말합니다. 의리 하면 『삼국지』를 빼놓을 수 없죠. '큰 뜻을 위해 모인 우리 형제를 갈라놓는 건 죽음뿐'이라며 유비, 관우, 장비는 맹세를 합니다. 하지만 결론은 그리 신통치 않습니다. 『삼국지』는 재미있습니다. 어떤 분들은 『삼국지』가 세상을 사는 지혜까지 가르쳐준다며 두고두고 읽기도 합니다. 그런데 중국의 민간에는 '어려서는 『수호전』을 읽지 말고, 나이 들어서는 『삼국지』를 읽지 말라'는 속담이 전한다고 합니다. 이게 어떻게 된 걸까요? 『쌍전』을 쓴 중국 인문학자 류짜이푸는 『삼국지』는 재

미있는 문학작품이지만 가장 어두운 인간의 마음, 바로 지옥을 보여
준다고 합니다. 왜냐하면 이른바 영웅이라는 자들이 속임수, 배신, 협
잡, 성 접대 등 지금 사회생활을 하면서 우리가 신물 나게 겪는 짓을
보란 듯이 하기 때문입니다.

> 삼국의 혼란 속에서 지도적 인물들은 모두가 교언영색으로 말을 잘했
> 다. 입으로는 청산유수였지만 그들 마음에 '성실'이라는 두 글자는 없었
> 다. 중국 원형 문화의 가장 핵심은 '성(誠.정성)'의 정신이다. 그러한 정신
> 을 파괴하여 극단적인 경지까지 도달한 책이 바로 『삼국지』이다.
>
> _『쌍전』에서

『삼국지』가 말하는 의리란 남과 우리를 구분하는 것일 뿐입니다. 구
별을 가장 중요하게 여긴다는 말은 달리 말하면 우리끼리라면 윤리
와 제도도 무시할 수 있으며 잘못도 봐줄 수 있다는 뜻입니다. 성실성
은 필요 없다. 죽음으로 뭉치는 모임을 만든 다음 부지런히 상대방에
먹칠을 하면 된다. 이것이 삼국지가 알려주는 의리이고 지혜라는 것
입니다. 친구 앞에서 우정과 의리를 말할 때 나는 과연 무엇을 바라고
있는지 다시금 돌아보게 됩니다. 『수호전』을 읽지 말라는 이유에 대해
서는 책을 직접 살펴보시기 바랍니다.

일을 하면서 좋든 싫든 많은 사람을 만나게 됩니다. 특히 직장은 하

루에도 몇 번씩 희로애락의 롤러코스터를 타는 인간관계의 놀이공원
입니다. 혼자 일한다고 해서 다르지 않습니다. 회사가 식물원이라면
프리랜서의 일터는 정글입니다. 생각보다 먹을 건 없고 독충과 습기
때문에 괴롭고 맹수들은 예고도 없이 튀어나와 목덜미를 노립니다.

오늘 이야기를 준비하면서 10년 만에 『코끼리와 벼룩』을 꺼냈습니
다. 첫 장을 펼치자 '2003년 3월 27일. 밑바닥부터 다시 시작하기 위
해서'라고 쓰여 있었습니다. 마지막 회사를 나와 프리랜서가 되면서
처음으로 읽은 책이었습니다. 10년 전. 참 간절했네요. (웃음) 천천히
책장을 넘기며 그때 밑줄 친 문장들을 다시 읽어보았습니다.

나는 일이란 돈, 만족, 친구, 창조성, 심지어 멋진 주거지역 등을 한꺼번
에 하나의 꾸러미로 해결해주는 어떤 것이라는 생각을 하며 성장해왔
다. 그런 생각을 가지고 있었으니 직장에 자꾸만 실망하는 것은 당연한
일이었다. 이제 포트폴리오 생활을 하면서 나는 그런 꾸러미를 해체하
게 되었다. 어떤 일은 돈 때문에 하고 어떤 일은 다른 이유로 하는 식으
로 말이다.

_『코끼리와 벼룩』에서

직장에서 일과 사람에 실망하는 건 어쩌면 당연한 일인지도 모르겠
습니다. 부부 관계가 힘든 것도 비슷합니다. 이 세상 모든 남자나 여

자에게 바랄 걸 오직 남편이나 아내 한 사람한테 구하고 있으니까요. 갇혀 있으면 시야도 좁아집니다. 상상력은 모니터 속에 갇히고 인간관계는 건너편 파티션을 넘어서지 못합니다. 150억 년의 우주, 45억 년의 지구, 2억 년의 포유류, 500만 년의 인류, 5천5백 년의 문명, 4만 6천 킬로미터의 지구 앞에다 내 일을 세워봅니다. 우린 정말 손톱만 한 세상에 갇혀서 손톱만 한 꿈을 꿉니다. 인간관계도 마찬가지입니다.

당신의 의식이 골프공만 하다면, 당신은 책을 읽더라도 골프공 크기 정도만 이해하게 된다. 창밖을 내다보아도 골프공 크기 정도만 보게 된다. 그리고 아침에 깨어나도 골프공 크기 정도로만 깨어나게 된다. 또 하루 일과를 마쳐도 골프공 크기의 내면적 행복만을 느끼게 된다.

_『데이빗 린치의 빨간방』에서

당연한 이야기지만 새로운 사람을 만나려면 새로운 사람을 만나야 하고 그러려면 새로운 장소에 가야 합니다. 네트워크 이론에 따르면 확산을 위해서는 내가 속한 클러스터(무리)에서 벗어난 전혀 다른 노드(절점)을 만나야 합니다. 그래야, 새로운 노드가 속해 있는 새로운 클러스터를 접하게 됩니다. 한마디로 직장 동료와 뻔질나게 맥주 마시고 회식해 봐야 새로운 세상을 만나는 데는 아무런 도움이 되지 못합니다. 하지만 어딘가에 속해 있으면 안심이 됩니다. 그래서 사람 때문에 시달려도 직장에 매달리게 됩니다.

경계를 벗어나 **언저리**에 사는 것도 그다지 나쁘지 않습니다. 그림 그리는 사람들을 만나면 저를 미술계 사람으로 보지 않습니다. 함께 경제학을 전공한 대학 동창들을 만나면 도대체 무슨 말을 하는지 못 알아듣겠습니다. 어딜 가도 붕 떠 있는 듯합니다. 어디에도 속하지 못하지만, 달리 생각하면 이곳과 저곳 사이에 다리를 놓아줄 수 있습니다. 우리도 아니고 그렇다고 아예 남도 아닌 덕분에 저는 적도 별로 없습니다. 크게 신경 쓰지 않는 거죠. 그런데 어떤 사람들은 저한테 도움을 받을 수 있다고 여기기도 합니다. 예를 들면 그림 그리는 사람들은 예산부터 일정 계획, 계약서 보는 일 등이 익숙하지 않아 서툴기 마련입니다. 저는 회사에서 마케팅과 기획을 담당해서 경험이 좀 있습니다. 그래서 종종 도움을 주었더니 어느 순간 친구가 되었습니다. 그림 그리는 친구들도 밥장, 함께 일하던 친구들도 밥장, 지금 함께 일하던 파트너들에게도 밥장입니다. 결국 어디에도 속하지 않고 언저리에서 맴돌며 살고 있는 저를 그저 밥장으로 받아줍니다. 처음 혼자 일하기 시작했을 때 길잡이가 되어 준 찰스 핸디가 한마디 거들어줍니다.

우리는 남들보다 뛰어나려고 노력하는 것이 아니라 남들과는 다르게 되려고 노력하는 것이다. 그것은 승자독식의 형태가 아니라 모든 사람

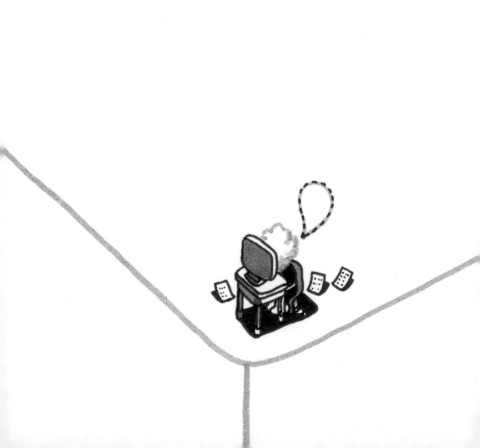

150억 년의 우주, 45억 년의 지구, 2억 년의 포유류, 500만 년의 인류,
4만6천 킬로미터의 지구 앞에다 내 일을 세워봅니다.
우린 손톱만 한 세상에 갇혀서 손톱만 한 꿈을 꿉니다.

이 승자가 되는 그런 방식이다. 우리는 스스로 승자의 개념을 재정립할 수 있다. 그러려면 다양성은 인종의 다양성을 의미하는 것이 아니라 바람직한 생활 스타일의 다양성이 되어야 한다.

_『코끼리와 벼룩』에서

아프리카 시에라리온 어린이를 돕는다고 하면 어떤 분은 국내에도 도울 아이들이 참 많은데 굳이 아프리카까지 도와야 하느냐고 말씀하십니다. 국내 어린이도 도와야 하고 아프리카 어린이도 도와야 합니다. 유기견도 구해야 하고, 아마존 돌고래 보뚜도 돌봐줘야 합니다. 친구도 중요하고 애인도 중요합니다. 직장 동료도, 파트너도 소중합니다. 때로는 누가 중요한지 비교하는 저울보다 어떻게 관계를 이끌어갈지 시간과 정성을 나눠주는 계량컵이 더 필요합니다.

일하다 보면 직장 상사나 동료가 원수로 보일 때가 있습니다. 예수는 원수를 사랑하라고 했습니다. 하지만 그게 어디 말이나 됩니까? 그저 아무 일 없다는 듯 참아낼 뿐이죠. 그런데 뭐든 참는다고 해결되는 게 아닙니다. 감정은 막 휘젓지만 않으면 바닥에 착 가라앉습니다. 아무 일도 없어 보입니다. 하지만 제때 걷어내지 않고 가만히 쌓아둔다면 언젠가 크게 곪아 터집니다. 그때는 이미 늦습니다.

원수를 사랑하라는 말은 '투사(投射)를 거두어라'는 말입니다. 투사란 프로젝터로 영화를 쏴서 스크린에 비추듯 나의 감정을 상대방에 비추는 일입니다. 노골적으로 말하면 문제는 프로젝터인 나인데 스크린이 되는 다른 사람을 탓하는 일입니다(전 아내와 사이가 좋지 않았던 걸 아내의 성격 탓으로 여기곤 했습니다. 하지만 헤어지고 오랜 시간이 흐른 뒤 비로소 알게 되었습니다. 그녀의 성격은 제 성격에 대한 반응이었다는 걸 말이죠). 정신의학 전문가들은 투사를 그쳐야 상대방이 제대로 보여 이해심이 많아지고 마음이 더욱 풍부해지고 사랑으로 가득 차게 된다고 조언합니다. 따지고 보면 원수란 내 마음이 만들어낸 허상인 셈이죠. 영국의 정신의학 전문가 앤서니 스토는 『고독의 위로』에서 투사의 대상은 (직업군에서는) 주로 정치가, 기업가, 교사, 저널리스트, 의사들이고 (개인적 관계에서는) 특히 아내나 남편, 자식 들이라고 합니다. 나를 빼고 모든 사람들이 욕을 먹는 거죠. 또한 '투사에서 가장 비열한 메커니즘은 너무도 그럴듯한 변명을 붙일 수 있다는 점'이라고 지적합니다. 내가 얼마나 많은 사람을 욕하고 있는지, 그 사람들이 진짜 욕먹을 짓을 했는지 돌이켜보면 왠지 뜨끔해집니다. 『이솝 우화』에 나오는 여우처럼 '내가 못 먹은 포도는 다 신포도!'라고 하는 건지도 모르겠습니다. 예수를 사랑할 수밖에 없는 건 아무리 애를 써도 도무지 투사가 되지 못하기 때문입니다.

우리는 전구와 같다. 희열이 우리 내부에서 자라기 시작하면, 그것은 마

치 빛과 같아서 우리 주변에도 영향을 미친다.

_『데이빗 린치의 빨간방』

　아무리 투사를 거두려고 한들 그 작자가 어른거리기만 해도 분노가 솟구친다면 마지막 방법을 써야 합니다. 비장의 무기인 다카하시 아유무의 『어드벤처 라이프』를 선물하시길 바랍니다. 선물하고 나면 다음 날 눈엣가시 같던 동료와 상사가 고맙다면서 스스로 사표를 던지고 떠날 겁니다. 불온서적의 힘이죠. 또 압니까? 원수 같던 선배가 너는 내 인생의 길잡이라며 퀸즐랜드에서 캥거루 인형이나 양털 구두를 선물로 보내줄지 말입니다. 투사를 거두면 복수마저 달콤해집니다.

"불같은 상사 때문에
환장하겠습니다"

Q. 저는 스물여섯 살이고 회사에서 캐릭터 디자인을 합니다. 좋아하는 일을 할 수 있어서 열심히 다녔습니다. 그러나 1년 반이 지난 지금, 너무나 지치고 힘이 듭니다. 제 상사는 완전 까칠하고 무섭습니다. 하루하루 피가 마릅니다. 어느 순간부터 일을 하면 욕을 먹지 않을까 걱정이 앞섭니다. 일하다 보면 당연히 욕도 먹죠. 하지만 디자이너로 센스와 개성이 없다고 하니까 좌절하게 되네요. 욕먹고 깨지는 일이 날마다 다반사이다 보니 자괴감이 듭니다. 직장을 옮겨야 할지 고민이 되는데 어떻게 하면 좋을까요?

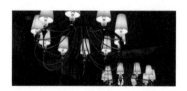

A. 제가 회사원일 때 저는 제 잘난 맛에 뿌듯해하며 다녔고 업체도 부렸습니다. 하지만 너무 맛 들이면 헤어 나오기 어렵습니다. 또한 나는 원래 잘났다며 착각하게 됩니다. 그래서 퇴사하고 나면 나는 열심히 했는데 세상이 내 능력을 몰라준다며 한동안 헤매게 됩니다(제가 그랬습니다).

하지만 제 잘난 맛도 누릴 수 없는 회사라면 더 이상 다닐 이유가 없습니다. 차라리 혼자 일하면 제 잘난 맛은 없어도 마음 하나는 편합니다. 또 재수 없는 상사 안 봐서 좋습니다. 그만둘 용기가 있다면 한번 상사를 확실히 들이받아도 좋습니다. 사장이라고 해서 나한테 욕할 권리는 없습니다. 직원이라고 해서 내가 욕먹을 의무도 없습니다. 직장은 잃어도 되고 돈은 좀 없어도 괜찮습니다.

하지만 자존심은 결코 쉽게 내줘서는 안

됩니다. 자존심이 무너지면 모든 게 한꺼번에 무너집니다. 내가 나를 못 믿으면 아무도 나를 믿어줄 수 없기 때문입니다. 자존심이 있으면 당당합니다. 당당하면 여유롭습니다. 여유로우면 부드럽습니다. 부드러우면 쉽게 다치지 않습니다. 쉽게 다치지 않으면 오래 갑니다. 오래 가면 선수가 됩니다. 선수가 되면 자존심이 생깁니다. 자존심은 시작이기도 하지만 결과가 되기도 합니다.

시작이 없으면 결과도 없습니다. 그래서 자존심은 끝까지 쥐고 있어야 합니다. 이제부터 불같은 상사를 향해, 잘난 맛도 누릴 수 없는 회사를 향해 그리고 자칫 자존심을 놓을 뻔한 나 자신을 향해 달콤한 복수를 계획해보시길 바랍니다. 그들이 결국 나를 부러워하게 되는 게 달콤한 복수입니다.

밤 의 인 문 학
열 한 번 째 밤

미식

지상 최고의
한 끼에 대하여

『허삼관 매혈기』 위화, 최용만 옮김, 푸른숲, 2007년 출간
『내 식탁 위의 책들』 정은지, 앨리스, 2012년 출간
『쿡스 투어』 앤서니 보뎅, 장성주 옮김, 컬처그라퍼, 2010년 출간
『부드러운 양상추』 에쿠니 가오리, 김난주 옮김, 소담, 2011년 출간

오늘 퇴근하고 여기로 바로 오시느라 저녁
도 못 드셨죠? 오늘 밤은 음식 이야기입니다. 게다가 미식입니다. 죽
겠죠? 안주로 닭튀김이 있으니까 주문하고 직접 계산하시면 됩니다.

맛있는 음식이란 뭘까요? 스타 셰프가 만든 고급 음식? 한 번도 못
먹어본 상상 속의 음식? 아니면 어머니의 정성이 담긴 소박한 음식?
물론 다 맛있습니다. 어떤 사람은 돼지비계를 큼직하게 썰어 넣고 묵
은 김치로 끓인 김치찌개에 하얀 밥이 최고라고 합니다. 앞에서도 소
개한 일본 작가 데라야마 슈지는 집밥을 최고로 여기는 사람들을 '카
레라이스형 인간'이라고 합니다. 회사에서 아무리 짜증나는 일이 있
어도 아내가 해준 카레라이스 한 그릇이면 짜증이 눈 녹듯 사라진다
는 사람들입니다. 이들에게 미식을 찾아 떠나는 모험이란 그저 피곤

한 일일 뿐입니다.

심야식당은 이런 카레라이스형 인간에게 더할 나위 없는 맛집입니다. 시내 한 구석에 숨어 있는 작은 식당. 영업시간은 밤 12시부터 아침 7시까지. 메뉴는 돼지고기 된장국 정식과 소주, 맥주, 청주. 나머지는 주문하면 주인장이 그때그때 재료에 맞게 해줍니다. '심야식당'에는 『맛의 달인』이나 『미스터 초밥왕』과 달리 결코 대단한 요리가 등장하지 않습니다. 비엔나소시지 볶음, 어제 만들어 냉장고에 둔 카레, 명란젓, 계란말이 따위입니다. 그런데 실제로 있지도 않은 '심야식당'의 단골이 되려고 만화책을 들추고 일본 드라마를 다운받고 뮤지컬까지 봅니다. 심지어 여기가 바로 심야식당이라는 가게들도 꽤 있습니다. 페이지를 넘기다 보면 나도 모르게 배 속이 꼬르륵거립니다.

이 『심야식당』의 한가운데는 주인장인 마스터가 있습니다. 2011년 여름, 우리나라를 찾은 『심야식당』의 작가 아베 야로를 직접 만났습니다. 출판사에서 자리를 마련해서 심야식당과 비스름한 식당에서 만나 이야기를 나누었습니다. 따개비모자가 어울리는 인상 좋은 아저씨였습니다. 그는 마스터와 작품에 등장하는 요리에 대해 이렇게 말했습니다.

마스터는 『심야식당』의 주인공이지만 주인공이 아닙니다. 그저 손님들이 먹고 싶은 걸 만들어주고, 하는 이야기를 들어줄 뿐입니다. 마스터가 나서서 이런저런 이야기를 하지는 않습니다. 그래서인지 몰라도 마스터를 그리기가 가장 어렵습니다. 손님들의 이야기를 들을 때 과연 어떤 표정을 지어야 할지 그거 고민하느라 어떨 때는 마스터 한 컷에 한 시간이 걸리기도 합니다. 드라마 「심야식당」에서도 마찬가지였습니다. 마스터 역을 맡은 배우도 사람들 이야기를 들을 때 어떤 표정을 지을지 가장 어렵다고 했습니다. 마스터 이야기요? 『심야식당』에서 마스터 이야기가 나온다면 아마 소재가 다 떨어졌을 때가 아닐까 싶습니다. (웃음)

작품에 등장하는 요리는 제가 먹고 싶은 것을, 계절에 맞춰서, 건강 상태에 따라서 고릅니다. 이렇게 고른 요리에 사람 이야기를 덧붙입니다. 예를 들어 『심야식당』의 「삶은 달걀」 편을 보면 대머리 아저씨가 등장합니다. 대머리와 삶은 달걀이 잘 어울릴 것 같았습니다. 개인적으로는 어제 만들어 냉장고에 넣어 데워 먹는 카레, 가쓰오부시를 덮은 밥인 고양이 맘마, 찬밥을 말아 먹는 라면을 좋아합니다.

아마 데라야마 슈지라면 '뭐 이런 데를 좋아해. 쪼잔하게스리……' 라며 어이없어했을지도 모르죠. 그의 책 『책을 버리고 거리로 나가자』를 보다 보면 그가 마스터와 대화를 나누는 이런 장면이 그려집니다.

"혹시 등심 스테이크나 북경의 오리고기, 제비집 수프 같은 건 먹고 싶
지 않나요?"

"전 그런 별난 취미 없습니다."

"별난 게 아니라 고급요리인데요?"

"왜 그런 걸 먹어야 되죠? 먹어 봐야 입맛에도 안 맞아요. 어쨌든 전 아
내가 만든 카레라이스가 최고입니다."

그는 보병으로 살면 보병으로 인생을 마칠 뿐이니 카레라이스 그릇
을 엎어버리고 떠나라고 부추깁니다. 어이쿠, 아내한테 밥이라도 얻
어먹을 수 있으면 다행이라는 분도 계시네요.

늘 먹던 음식이 최고라는 건 달리 말하면 새로운 음식에 도전하고
싶지 않다는 뜻입니다. 낯선 음식을 입에 넣으려면 의외로 용기가 필
요합니다. 추천 맛집에 목매다는 건 진짜 맛있는 음식을 찾고 싶어서
라기보다 낯선 음식에 대한 두려움을 줄여보려는 게 아닐까 싶습니
다. 가이드북만 따라가는 여행이 흥미진진할 리 없습니다. 완벽한 정
보를 찾아갈수록 스릴은 줄어드는 법입니다. 맛집도 마찬가지입니다.

일본에서 『심야식당』은 40~50대 남성들이 주로 본다고 합니다. 그
런데 우리나라에서는 30대 여성들이 무척 좋아합니다. 여러분 안에
일본 아저씨가 살고 있는 건가요? (웃음) 혼자 사는 30대 여성들이 참
많죠. 오늘도 많이 오셨는데 저녁 어떻게 해드시나요? 일과 사람에 실

컷 치이다 집에 돌아와 텔레비전을 친구 삼아 냉장고에서 꺼낸 재료로 대충 한 끼 때우지는 않나요? 울고 싶은 심정이지요. 그럴 때일수록 말없이 집밥을 내어주는 마스터의 **무심한 관심**이 몹시 그리워집니다. '외로우니까 심야식당'입니다.

가장 맛있는 음식에는 또 무엇이 있을까요? 배는 고프지만 탐험은 계속됩니다. 위화가 쓴『허삼관 매혈기』를 보면 가장인 허삼관이 생일인데도 먹을 것이 없어 온 가족이 옥수수죽만 먹고 하릴없이 누워 있습니다. 배고픔을 잊기 위해서 그는 이야기로 진수성찬을 차립니다.

자 우선 고기를 끓는 물속에 넣고 익히는데, 이때 너무 익히면 안 돼요. 고기가 익으면 꺼내서 식힌 다음 기름에 한 번 볶아서 간장을 넣고, 오향을 뿌리고, 황주를 살짝 넣고, 다시 물을 넣은 다음 약한 불로 천천히 곤다 이거야. 두 시간 정도 고아서 물이 거의 다 쫄았을 때쯤……. 자 홍소육이 다 됐습니다……."

_『허삼관 매혈기』에서

홍소육(紅燒肉)은 대표적인 상하이 요리로 동파육(東坡肉)이라고도 합니다. 북송 시대 유명한 문학가인 소동파가 만들었다고 전하기 때문입니다. 어떤 요리인지 궁금해서 동파육 잘하기로 소문난 연남동의 중국식당까지 가서 먹어보았습니다. 무척 맛있었습니다. 하지만 진짜

낯선 음식을 입에 넣으려면 의외로 용기가 필요합니다.
가이드북만 따라가는 여행이 흥미진진할 리 없습니다.
완벽한 정보를 찾아갈수록 스릴은 줄어드는 법입니다.
맛집도 마찬가지입니다.

맛있는 커피는 남이 타준 커피이고 진짜 맛있는 음식은 상상 속의 음식인 법입니다. 그러니 홍소육을 먹어본 적도 없는데 『허삼관 매혈기』를 읽으면서 입맛을 다셨겠지요.

화면 속에 담긴 음식 또한 만만치 않습니다. SNS에 떠다니는 수많은 사진 중에서 아마 열에 셋은 음식 사진이지 않을까 싶습니다. 음식 사진을 보는 것은 왠지 야동을 보는 것과 닮았습니다. 실제로 '푸드 포르노'란 말도 있습니다. 야동이 실제 섹스보다 더 자극적인 섹스를 보여주듯 음식 사진들도 마찬가지입니다. 스타일링과 조명과 사진 기술을 더해 진짜 음식보다 훨씬 더 근사하고 먹음직스럽습니다. 『내 식탁 위의 책들』의 지은이는 자신이 스스로 '푸드 포르노 중독자'였다고 고백합니다.

포르노에서 중요한 건 작품성이 아니다. 웹의 음식 사진은 진부하기 그지없고, 따라붙는 설명은 누가 썼건 비슷하다. 그리고 가장 많은 댓글이 달리는 것은 언제나 설탕과 기름이 넘쳐나는 불량한 음식이다. 햄버거나 케이크 사진은 식이장애 커뮤니티에서도 인기 있는 콘텐츠다. 왜냐하면 사진 속의 음식은 아무리 먹어도 살찌지 않고, 따라서 죄책감 역시 없기 때문이다.

_『내 식탁 위의 책들』에서

아무리 봐도 지치지 않고 죄책감도 없는 데다 중독성까지 있으니 어째 포르노랑 비슷하네요. 지은이는 푸드 포르노 중독자답게 이 책에서 눈으로 삼키는 콜레스테롤, 설탕, 탄수화물 등 식탁 위의 온갖 폭탄들의 향연을 펼칩니다. 『허삼관 매혈기』 홍소육의 확장판이라고 나 할까요?

음식 사진은 보는 걸로 끝나지 않습니다. 저나 여러분처럼 보통 사람들도 이젠 식당에서 단지 먹는 것만으로 끝나지 않습니다. 직접 사진을 찍어 페이스북이나 블로그에 부지런히 올립니다. 관음증에다 이젠 노출증까지 보탠 셈이죠. 화덕에서 갓 꺼내 김이 모락모락 올라오는 포르마조 피자를 앞에 놓고서 친구들이 사진 다 찍을 때까지 입맛만 다시고 기다릴 때는 이걸 먹으러 온 건지 자랑하러 온 건지 구분이 안 갑니다. 물론 저도 찍죠. (웃음) 하지만 돈과 시간을 쓰며 애써 여기까지 온 걸 감안한다면 소박한 즐거움으로 여기고 웃어 넘겨야 되겠죠?

미식은 여행과 궁합이 잘 맞습니다. 새로운 음식을 찾아 떠나는 모험은 곧 여행이 되기도 합니다. 『쿡스 투어』의 지은이이자 유명 셰프인 앤서니 보뎅은 '완벽한 한 끼'를 찾아 나섭니다. 포르투갈, 프랑스, 베트남, 스페인, 러시아, 모로코, 일본, 캄보디아, 영국, 멕시코, 미국 등 전 세계를 돌아다닙니다. 그는 일본에서는 일본식 전통 여관인 료

칸에서 가이세키 요리를 먹습니다. 왕으로 사는 기분을 맛보며 잠이 듭니다. 다음 날 아침에는 낫토와 토란 때문에 살아 있는 지옥을 경험합니다. 마치 '염소 똥창을 씹는 기분'이었다고 묘사합니다. 아시죠? 어떤 맛인지. 그의 기막힌 여정은 모로코 사막에서 절정을 이룹니다. '사막에서 여행자들과 함께 별이 쏟아지는 밤하늘 아래서 모닥불에 둘러앉아 바삭하고 감칠맛 나는 새끼 양 통구이를 앞에 놓고 맨손으로 양 기름과 양의 불알을 쥐어뜯어가며 먹고 싶다'는 꿈을 기어이 이루고야 맙니다.

> 놀라운 맛이었다. 마치 솜털처럼 부드러웠고, 비릿한 양 냄새도 어깻죽지나 다리보다 덜했다. 씹는 맛과 넘어가는 느낌 모두 췌장과 비슷했다. 이때껏 입에 넣어본 불알 중에 제일 맛있는 불알…… 아니 오해를 살까 봐 덧붙이자면 실은 이게 처음이었다. 어쨌든 씹을 때마다 맛이 우러나왔다. 정말로 맛있었다. 한입 삼키기가 무섭게 손이 갈 정도였다. 만약 식당에서 어느 부위인지 밝히지 않고 '모로코풍 새끼 양구이'입니다라고만 소개하면, 당신도 맛있게 먹어치울 게 틀림없다.
>
> _『쿡스 투어』에서

새끼 양의 불알이라……. 무슨 맛일지 도무지 짐작이 가질 않네요. 사람은 처음 맛본 재료의 맛은 생생하게 기억한다고 합니다. 그래서 그는 새로운 기억을 보태고 싶어서 쿡스 투어, 즉 요리사의 여행을 떠났다고 합니다.

누구나 나이가 들면 추억에 기대어 삽니다. 추억이 많을수록 부자입니다. 김치찌개나 카레라이스의 맛만으로는 왠지 부족하지 않을까요? 그렇다면 이제라도 여러분도 새로운 맛에 도전해보는 게 어떨까요?

엿 같은 세상. 이제 내게 남은 길은 내키는 대로 돌아다니면서 처먹는 것뿐이다.

_『쿡스 투어』에서

앤서니 보뎅은 충고마저 참 맛깔나게 해줍니다. 하지만 그저 맛있다고 다 미식이 되는 건 아닙니다. 오히려 먹는 사람이 어떻게 이야기를 붙이느냐에 따라 음식은 풍미를 더해갑니다. 이야기를 좋아하는 프랑스 사람들이 와인의 맛을 문화로 가꾼 것처럼 말이죠. 굳이 와인이 아니더라도 이야기는 얼마든지 만들 수 있습니다. 음식을 사 먹는 데는 돈이 들지만 이야기는 공짜입니다. 에쿠니 가오리처럼 생선에다 이름을 붙여볼 수도 있습니다.

연어는 친절한 것 같다. 송어는 조금 칠칠치 못한 것 같고 정어리는 느

굿하고 명랑하고, 꼬치고기는 빈틈이 없고, 청어는 비관적이고, 넙치는
낙관적이고, 쑤기미는 신중할 것 같고, 도미는 심술궂을 것 같다. 참치
는 순진하면서도 냉담한 면이 있을 것 같다. 전갱이는 성실하지만 다소
자기중심적이고, 쥐치는 자기애가 강하고……"

_『부드러운 양상추』에서

왠지 비관적인 청어는 굽고 낙관적인 넙치는 졸여 먹어야 제맛일
것 같습니다. 오늘은 여기까지입니다. 이제 책은 덮고 진짜 닭튀김 한
마리 시키죠. 먹는 이야기만 해서 그런지 저도 몹시 배가 고픕니다.

J's bar 05

앞으로는 후배 대신 위 PD로

함께 맥주를 마시던 후배 얼굴이 심상치 않았습니다. 무슨 불만이
있느냐고 물어보았더니 저 때문이랍니다. "형은 다른 사람한테
나를 소개할 때마다 꼭 '후배'라고만 말하고 넘어간다"고 했습니다.
"내가 후배라고 부르는 사람은 너랑 다른 한 명뿐이다.
정말 소중하고 편하니까 후배라고 부른다"고 설명해주었습니다.
그러자 그 후배는 형의 마음은 충분히 이해하지만 앞으로는
자신이 어떤 일을 하는지 분명하게 알려주었으면 좋겠다고
하였습니다. 생각해보니 불만이 쌓일 법도 하였습니다.
이제부터 후배라는 말 대신 'S 방송사의 프로그램을 맡고 있는
위 PD'로 소개하겠다고 약속하였습니다. 그제야 위 PD의 표정이
밝아졌습니다.
저는 늘 주위 사람들에게 자신보다 나이 어린 친구들부터
챙기라고 말합니다. 밥 한 끼 챙겨준 후배들 중에서 나중에
누가 내 여물통을 채워줄지 모르기 때문입니다.

밤 의 인 문 학
열 두 번 째 밤

취미

상쾌한 취미로 보내는
나날들에 대하여

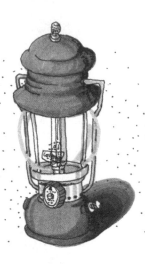

『남극의 셰프』 니시무라 준, 고재운 옮김, 바다출판사, 2011년 출간
『지구 위의 작업실』 김갑수, 푸른숲, 2009년 출간
『불안 그 두 얼굴의 심리학』 보르빈 반델로브, 한경희 옮김, 뿌리와이파리, 2008년 출간

3대 국민 취미가 있죠? 독서, 음악 감상, 영화 보기. 여러분 중에도 취미가 독서인 분 있으시죠? 네. 그럼 여러분은 책을 한 달에 몇 권이나 읽으시나요? (조용) 2010년 문화체육관광부가 실시한 독서 실태 조사에 따르면 우리나라 어른들 10명 중 3명은 1년에 책 한 권도 읽지 않는다고 합니다. 책을 안 읽는다기보다 못 읽는다는 게 맞지 않을까 싶습니다. 간 때문에 피곤한 게 아니라 피곤하니까 간이 맛이 가는 것처럼 말이죠. 책 좀 읽으라고 다그치기 전에 먼저 책 한 권 제대로 읽을 시간마저 없는 이유부터 따져보는 게 바람직하지 않을까요? 책을 읽고 싶다는 건 여유로운 시간을 누리고 싶다는 바람입니다. 그래서 바쁜 어른들은 책을 읽는 대신 책이 쌓인 북카페에 잠깐 들러 카페라테를 마시는 시간만 꿈꿉니다(실제로 문학동네,

창작과비평사, 후마니타스, 문학과지성사, 사계절출판사, 한길사 등 몇몇 유명 출판사들은 독자들의 바람을 고려해서인지 북카페를 운영하고 있습니다).

흔히들 시간이 없어서, 너무 바빠서 취미를 가질 틈조차 없다고 합니다. 물론 이해는 갑니다. 하지만 진짜 그럴까요? 시간이 날 때 하는 일이라면 그건 취미라기보다 심심풀이에 더 가깝습니다. 진짜 취미란 그것을 하기 위해서 억지로 시간을 내는 일입니다. 낚시가 취미인 사람은 손맛이 그리워 틈만 나면 낚시 도구를 갖추고 저수지로 달려갑니다. 등산이 취미인 사람은 지리산에서 비박(야영)하던 밤을 잊지 못해 침낭을 만지작거립니다. 그림이 취미라면 그림이 미치도록 그리고 싶어서 어딘가에 낙서라도 해야 직성이 풀립니다. 그런데 어떤 분들은 취미가 등산이라면서 브랜드 있는 장비를 사 모으기에만 열중합니다. 또 사진이 취미라면서 렌즈를 사 모으는 데만 열을 올립니다. 이런 분들은 취미가 등산, 사진이라기보다 쇼핑이라고 해야 맞습니다. 이른바 장비병입니다.

또한 시간이 있어도 취미를 즐기며 시간을 보내는 게 아깝다는 분도 있습니다. 물론 다 큰 어른이 취미랍시고 건담 조립에 집착하거나 코스프레에 매달린다면 한심해 보일 수 있습니다. 왜 저런 짓을 하면서 시간을 썩히느냐고 말이죠. 다른 사람이 뭐라고 하든 제 나름대로 행복한 시간을 보내는 사람들, 이른바 '오타쿠'라 불리는 사람들을 보면 감나무가 떠오릅니다. 감나무는 영양 상태가 좋지 않으면 스스로

감을 떨어뜨립니다. 감이 떨어져 썩으면 영양소가 되어서 뿌리에 스며듭니다. 그러면 다시 튼실한 열매를 맺게 됩니다. 나무가 부실한데도 열매 맺기에만 급급하다 보면 열매도 부실해지고 결국 나무도 죽습니다. 사람도 마찬가지입니다. 지금은 날 위해 시간을 썩혀야 할 때인데도 오히려 부지런을 떱니다. 바쁜 게 결코 정답이 아닙니다. 때로는 감나무가 사람보다 훨씬 지혜롭습니다.

취미가 생겼다는 건 드디어 **내 모습**을 찾기 시작했다는 뜻이기도 합니다. 인터넷에서 우리나라와 다른 선진국들의 중산층 기준을 본 적이 있습니다. 우리나라는 아파트가 얼마나 큰지, 연봉으로 얼마 받는지, 자동차 배기량은 얼마인지, 또 예금 잔고는 얼마나 되는지로 중산층을 정의합니다. 하지만 프랑스는 기준 자체가 다릅니다. 외국어 하나는 할 수 있고, 직접 즐기는 스포츠가 있고, 악기를 다룰 줄 알아야 하고, 남들과는 다른 맛을 내는 요리를 만들 수 있어야 합니다. 또한 시민으로서 사회에 참여해야 하고 약자를 돕고 봉사 활동도 꾸준히 해야 합니다. 이런 게 기준이라니 잘 믿기지 않지만 공감이 가는 건 사실입니다. 취미도 마찬가지입니다. 나를 찾고 삶의 질을 높이는 차원에서 취미를 봐야 합니다. 그렇지 않으면 취미 역시 돈의 잣대에서 벗어나지 못합니다. 나를 위한 즐거움이 다른 사람에게 보이기 위한 과시로 변질될 수밖에 없는 거죠. 정말 사진 찍는 걸 좋아하면 단렌즈 하나만으로 나만의 이야기를 담을 수 있습니다. 취미의 밀도는 결코 쇼핑으로 높아지는 게 아닙니다.

취미에 빠지려면 준비가 필요합니다. 회사에 다닌다면 먼저 직장 동료들과 멀어져야 합니다. 좋은 일도 어려운 일도 동료들과 나누는 건 분명 좋은 일이지만 취미는 다릅니다. 진짜 취미라고 생각한다면 직장을 아예 벗어나야 합니다. 도대체 이런 사람들을 언제 또 만날 수 있을까 싶은 생각이 들 정도로 내 일과 전혀 상관없는 사람들과 취미를 나누고 모임도 나가야 합니다. 취미를 직장 동료들과 공유한다면 더 이상 취미가 아닙니다. 취미 활동을 같이해도 결국 이야기는 회사로 묶이지 않나요? 취미까지 일이 될 수 있습니다. 산이 좋다면 그냥 산악인을 만나보세요.

러시아 소설가 고리키는 '일이 즐거움이라면 인생은 낙원이다. 일이 의무라면 인생은 지옥이다'라고 하였습니다. 일이 재미있으려면 먼저 일에 대한 가치를 스스로 느껴야 합니다. 가치 없는 일을 할 때는 참 죽을 맛입니다. 영화 「콰이강의 다리」를 보면 일본군에게 포로로 잡힌 영국군들이 일본군을 위해 콰이강 계곡에 철도용 다리를 건설합니다. 건설을 맡은 영국군 대령은 투철한 군인정신으로 놀라울 만큼 멋지게 다리를 완공합니다. 이 다리가 적에게 도움이 되는 줄 뻔히 알면서도 말이죠. 왜 그랬을까요? 그는 자유 없는 포로 신세였지만, 희망까지 빼앗긴다면 더 이상 버틸 수 없다는 사실을 잘 알고 있었을 겁니다. 그래서 포로가 된 병사들을 다그쳐 다리를 만드는 일에 몰두하

불안과 외로움, 불확실은 세상 그 자체입니다.
불안을 떨치고 외로움에서 벗어나고
불확실을 없애겠다는 건 달리 말하면
세상을 싹 지워버리겠다는 뜻입니다.
취미는 뭔가 좀 모자라고 늘 모호한 세상을
당연하게 받아들이게끔 도와줍니다.

게끔 하지 않았을까 싶습니다. 아우슈비츠 수용소에서는 유대인들이 힘들여 왼쪽에 흙을 쌓으면 수용소 관리자들이 다음 날엔 고스란히 오른쪽으로 옮기게끔 했습니다. 가치 없는 일이 사람을 얼마나 무기력하게 만드는지 수용소의 간수들은 잔인할 정도로 잘 알고 있었습니다.

내 일을 가치 있게 여기려면 역시 직장에서 벗어나야 합니다. 직장 밖의 다른 곳에서 전문 기술과 능력을 발휘해보면 내 일의 가치를 새롭게 느낄 수 있습니다. 그래서 전 재능 기부를 합니다. 재능 기부란 전문적인 기술을 공공의 이익을 위하여 무료, 혹은 아주 저렴한 비용으로 제공하는 일입니다. 작은 도서관에 벽화를 그리거나 NGO 소식지 표지를 그릴 때는 그림 그리는 일이 취미가 됩니다. 그만큼 경쾌해지고 즐거워지고 행복해집니다. 일이 좋아지면 오래 할 수 있습니다. 이른바 지속 가능한 일자리를 스스로 만들게 됩니다.

그런데 주위 사람을 멀리하고 취미에 빠지다 보면 가족들하고도 멀어집니다. 그래서 가족과 함께할 수 있는 취미는 없을까 고민합니다. 왠지 참고서 제목 앞에 '수능에 나오는'이라는 말이 붙어야 제맛이듯 '가족과 함께하는' 취미를 찾는단 말이죠. 뭐가 있을까요? 네, 캠핑. 캠핑은 가족과 함께하는 대표적인 취미입니다. 그런데 캠핑 가서 오히려 스트레스만 잔뜩 받고 돌아오는 일도 많습니다. 어떻게 하면 가족 모두가 즐거운 캠핑을 다녀올 수 있을까요? 이런 캠핑에 대한 조언은 엉뚱하게도 『남극의 셰프』에서 찾을 수 있습니다. 일본의 남극 관

측대에 파견된 요리사가 쓴 책인데 무지하게 웃깁니다. 게다가 배까지 고파집니다. 『심야식당』과 더불어 한밤에는 반드시 피해야 할 책중 하나입니다. 남극의 셰프는 관측 대원들을 위해 재미난 수업을 준비합니다. 본업인 요리 대신 취미인 캠핑 이야기를 들려줍니다.

여자와 어린아이는 종잡을 수가 없는 존재이기 때문에 남자가 "우와, 여기는 대자연이 넘치고 최고네!"라고 마음에 들어하는 장소는 대부분 꽝입니다. 해변이라면 "바람이 세다. 살이 익는다. 몸이 끈적끈적해서 기분이 좋지 않다", 숲으로 둘러싸인 초원이라면 "벌레가 많다, 풀독이 오를 것 같다. 산들바람이 없어 상쾌하지 않다" 등등 "너희들이 무슨 깡패냐!" 하고 고함치고 싶어질 정도의 온갖 트집을 부릴 것입니다. (……) 전 일본 여성과 아이들 가운데 98.5퍼센트가 야영＝불편함도 즐기는 야외생활이라고는 생각하지 않는다는 점을 잊지 마시기를……. '야외에서 보내는 호텔 생활' 정도로 생각해두는 것이 현실적이라 생각합니다.

_『남극의 셰프』에서

이 책은 어떻게 하면 가족이 함께 즐기는 캠핑이 될 수 있을지 장소 선정부터 장비 구입, 저녁 요리법까지 꼼꼼하게 설명해줍니다. 또한 아이들에게 "우리 아빠는 맥가이버"라는 찬사를 들을 수 있는 팁도 소개합니다(저는 캠핑에 있어서만큼은 남자보다 여자와 어린아이에 가깝습니다. 그래서 캠핑이 취미인 친구는 "그냥 몸만 오면 돼. 텐트에서 실내화 신고 알몸으로 땀 흘리며 잘 수 있게 해줄게"라며 절 꼽니다).

취미 생활에 있어 '가족을 위한'이란 말이 마법처럼 들리는 건 가족이 있는 사람이 취미를 즐기는 것이 그만큼 힘들기 때문이지요. 물론 가족은 소중합니다. 하지만 가족이란 말에 너무 짓눌리다 보면 아무것도 새로 시작할 수 없습니다. 가족을 위해서 포기한다는 말은 늘 마침표와 같습니다. 그 뒤로 다른 어떤 변명이나 이유도 붙일 수가 없으니까요.

현명함은 저축을 하고 재테크를 하고 노후 대비를 하면서 상스러워진다. 다들 그렇게 살아야만 하는 것이 슬픈데 슬픔처럼 상스러운 것이 또 있느냐고.

_『지구 위의 작업실』에서

『지구 위의 작업실』의 주인공은 가족을 위해서라는 마침표를 드디어 뜯어냅니다. 마포의 건물 지하에 그는 자신만의 작업실을 만듭니다. 그리고 일주일에 3일씩 간이침대에 쪼그려 잡니다. 식사는 팔도 비빔면, 뚜레주르의 버터 식빵, 햇반 그리고 풍년 기사식당의 김치찌개로 때웁니다. 나머지 시간은 어두컴컴한 지하실에 박혀 지상 최고의 커피를 볶거나 LP를 꺼내 하이파이로 음악을 들으며 보냅니다. 이

쯤 되면 작업실이라 쓰고 나만의 소굴이라고 읽어야 되겠죠. LP 음반
이 3만장이고 CD가 4천 장이라고 하니 할 말이 없습니다. 이게 바로
취미입니다.

그런데 과연 무엇이 행복인가 하는 대목에서 막연해진다. 재미의 추구,
의미와 가치의 추구가 행복 자체였더라면 좋았을 텐데 그렇지가 않다.
기가 막히게 재미있는 순간도, 뭔가 보람을 느끼는 일에 참여해도 집요
하게 '남는 부분'이 있기 때문이다.

_『지구 위의 작업실』에서

취미를 가지려면 돈이 있어야 하는데 그 돈이 어디서 나나? 게다가
취미에 빠져 미래를 준비하지 않는다면 뒷감당은 어떻게 하지? 취미
를 갖기도 전에 걱정부터 앞섭니다. 취미를 가지고 나서도 불안함은
여전합니다. 『지구 위의 작업실』의 주인장도 마찬가지였습니다.

이렇게 무대책으로 살아도 되는가. 자책감이 엄습하여 등골이 으스스
해진다. 그러나 곰곰 생각해본다. 이 불안은 현재 닥친 상황 때문이라기
보다 아직 찾아오지 않은 미래에 대한 예견이 안겨주는 불안이다. 일종
의 자기 창조적 불안이다.

_『지구 위의 작업실』에서

불안 클리닉을 운영하는 독일의 정신과 의사 반델로브의『불안, 그 두 얼굴의 심리학』을 보면 사람들이 불안을 만드는 데 있어서 얼마나 창조적인지 놀라울 정도입니다. 그리고 불안에 대처하는 방법을 보면 더욱 놀랍습니다. 죽음에 대한 두려움 때문에 약을 먹고 자살하려고 하고, 치과의사가 무서워서 이를 모두 뽑아버립니다. 한심하죠? 하지만 이런 한심한 일을, 물론 정도는 차이가 나겠지만 저나 여러분도 하고 있습니다. 불안과 외로움, 불확실은 세상 그 자체입니다. 불안을 떨치고 외로움에서 벗어나고 불확실을 없애겠다는 건 달리 말하면 세상을 싹 다 지워버리겠다는 뜻입니다.

취미는 뭔가 좀 모자라고 늘 모호한 세상을 당연하게 받아들이게끔 도와줍니다. 그리고 취미 때문에 욕 좀 먹는다고 죽지 않습니다.

음악에 포개어진 삶은 무엇이 되거나 무엇을 획득하거나 무엇에 올라서는 것을 언제나 가로막았다. 팔자려니 해야 했다. 그러다 깨달았다. 하루하루 음악을 듣는 일이 삶이 되면 되는 거잖아! 먹고사는 일이며 모든 관계를 도구나 방편으로 삼으면 되잖아! 그 무엇의 잣대를 '이쪽'이 아니라 '저쪽' 세계의 것으로 바꾸면 되는 것을.

_『지구 위의 작업실』에서

안상훈 감독

그는 새 작품을 준비한다고 입버릇처럼 말하며 바에서 맥주를
홀짝거렸습니다. 그러다 몇 년 뒤 「블라인드」를 세상에 내놓으며
섬세한 연출력을 인정받아 별점 부자 감독이 되었습니다. 영화가
개봉된 뒤에 바에서 다시 만났습니다.

"형, 「블라인드」 보셨어요?"
"아니, 아직. 「최종병기 활」은 봤는데……."
"그래서요?"
"그래도 보고 나온 어떤 여자가 남자친구한테 '에이, 그러니까
「블라인드」 보자고 했잖아'라고 하던데."
"그래도 형은 아직 「블라인드」 안 봤잖아요."
"「혹성탈출」은 봤지."
"형 맞아?"

영화가 잘되나 궁금해서 매표소에서 보니까 관객들이 「블라인드」는
두 장씩 사는데 「스머프」는 네 장씩 티켓을 사더랍니다. 다음에는
전체 관람가로 만들어야겠다고 다짐하더군요. 우리 이야기가 무척
한심했던지 더빠 사장님은 영화표를 들고 오면 생맥주 한 잔씩 공짜로
돌리겠다고 마무리하였습니다.
다음 날 바로 영화를 보았습니다. 친구들 표까지 네 장을 샀고
인증샷까지 찍어 안 감독에게 보냈습니다. 사장님은 약속대로 맥주 한
잔씩을 돌렸습니다. 덕분에 안 감독과 다시 훈훈한 사이가 되었습니다.

밤 의 인 문 학
열 세 번 째 밤

쾌변

웃으면서 싸는
그날을 위하여

『쾌변 천국』 후지타 고이치로 글 · 요리후지 분페이 그림, 이효정 옮김, 시공사, 2006년 출간
『똥』 랠프 레윈, 강현석 옮김, 이소, 2002년 출간
『우주 다큐』 메리 로치, 김혜원 옮김, 세계사, 2012년 출간

경제가 어렵고 스트레스가 쌓일수록 잘 먹고 잘 산다는 게 얼마나 쉽지 않은 일인지 새록새록 느끼게 됩니다. 저는 잘 먹고 잘 '싼다'라는 말을 더 좋아합니다. 오늘 밤에는 싸는 이야기, 똥 이야기를 해볼까 합니다. 초등학생들은 똥이란 말만 꺼내도 자지러지던데 괜찮으시죠?

똥이 그리 웃기는 문제만은 아닙니다. 잘 먹고 잘 싼다고 했지만 사실 잘 싸야 잘 먹을 수 있습니다. 변비 앞에서 산해진미는 그저 무용한 장식일 뿐이죠. 남한테 말도 못 하고 하릴없이 힘만 주는 분이라면 오늘 밤 정말 잘 오셨습니다. 여러분을 변비 지옥에서 쾌변 천국으로 초대합니다.

의학박사 후지타 고이치로와 일러스트레이터 요리후지 분페이가 『쾌변 천국』이라는 책에서 의기투합하여 세상의 모든 똥에 관해 말해 줍니다. 『쾌변 천국』의 국내판 감수를 맡은 의사는 한 달 동안 똥을 못 싸면 한 달 동안 옛날 변소에 있는 거나 다름없다고 잘라 말합니다. 『웃는 회충』『사랑하는 기생충』『청결은 병이다』『일본인의 청결이 지 나치다』 등 고이치로 박사가 쓴 책 제목은 무슨 화장실 유머처럼 들립 니다. 그는 『웃는 회충』으로 '회충박사'란 별명을 얻었고 『쾌변 천국』 으로 '똥박사'란 별명을 얻었습니다.

요리후지 분페이는 일본에서 잘나가는 일러스트레이터입니다. 글 로 쓰면 어려운 내용을 유머를 섞어 쉽고 재미나게 그림으로 보여줍 니다. 주기율표를 다룬 『원소 생활』, 숫자 개념을 잡아주는 『숫자의 척도』에는 분페이 특유의 재미가 담겨 있습니다. 그래서 분페이가 그 린 새 책이 나오면 언제나 제 수집 목록 맨 앞에 둡니다.

친절한 똥박사는 먼저 '똥은 더럽다'는 고정관념부터 버리라고 충 고합니다. 사전에서 똥을 찾아보면 '사람이나 동물이 먹은 음식을 삭 이고 항문으로 내보내는 찌꺼기'라고 나와 있습니다. 찌꺼기라고 해 서 더럽거나 쓸모없다고 여기면 곤란합니다. 식물의 찌꺼기는 뭘까 요? 식물은 외부의 빛과 물, 양분을 흡수해서 에너지를 만들고 필요 없는 걸 배출합니다. 원리를 놓고 보자면 사람이나 다를 바 없습니다. 식물의 똥이 바로 산소입니다. 그런데 산소가 없으면 동물은 살 수 없

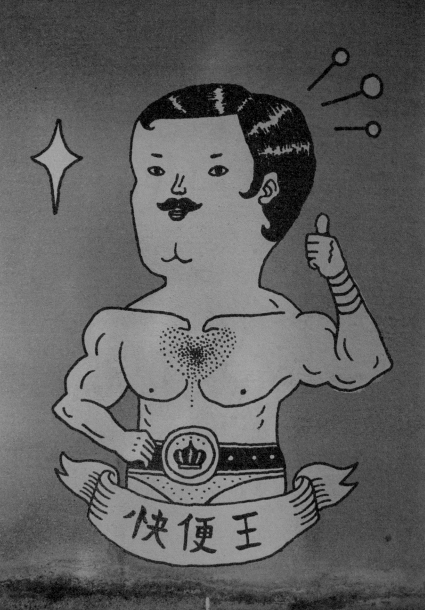

습니다. 자연은 동물과 식물이 먹고사는 '자연 사이클'과 그러면서 내놓은 찌꺼기가 다시 동물과 식물을 이롭게 하는 '똥 사이클'이 함께 돌면서 유지됩니다. 훈데르트바서라는 화가도 똥냄새가 우리 생명을 이어가게 하는 '자연의 향기'라고 했습니다. 그의 그림 속에 등장하는 사람은 자연의 냄새를 흠흠 맡고 있습니다.

그런데 문제는 사람의 똥이 적절한 방법으로 자연으로 되돌아가지 못하고 있다는 점입니다. 그저 쓰레기 취급당하며 하수구와 지하 세계를 둥둥 떠다니고 있습니다. 똥은 찌꺼기나 쓰레기가 아니라 지구 시스템의 일부입니다. 이제부터 똥은 냄새나는 쓰레기가 아니라 지구 시스템을 유지하는 잘 만든 완성품으로 여겨야 합니다. 아셨죠?

영화 「광해」를 보면 임금이 싼 똥을 어의들이 맛보는 장면이 나옵니다. 꼭 찍어 먹어보지 않더라도 자세히 보면 그 사람의 건강을 알 수 있습니다. 변비나 설사는 무언가 몸에 이상이 있다는 증거입니다.

똥박사는 똥을 일곱 가지로 분류합니다. 그중에서 '바나나 타입'을 으뜸으로 칩니다. 바나나 타입이란 가볍게 힘을 주면 매끈하게 밀려 나오는 똥입니다. 물에 떨어지면 가볍게 떠올랐다가 천천히 물에 가라앉습니다. 색은 황토색에 가까운 노란색이고 냄새는 기분 나쁘지 않을 정도입니다. 만져보면 지점토 같답니다. 이런 똥이라면 정신적으로 안정되어 있고 식사 균형도 좋은 상태입니다. 똥 중의 똥, 프리미엄 타입은 이런 바나나가 끊어지지 않고 뒷맛까지 상쾌하게 쑤욱 빠져나오는 똥입니다. 그 외에 물똥, 삐삐 마른 똥, 물렁물렁한 똥, 이도 저도 아닌 똥, 토끼 똥은 모두 문제가 있습니다. 여러분은 오늘 어떤 똥을 만나보셨나요?

모든 동물은 입에서 시작하여 항문으로 끝나는 튜브입니다. 사람도 마찬가지입니다. 흔히 장을 **두 번째 뇌**라고 부릅니다. 긴장하면 배가 아프고 스트레스 받으면 곧바로 변비가 생기는 것도 장이 뇌처럼 생각하고 반응하기 때문입니다. 건강한 똥을 누면 힘이 납니다. 힘이 나야 하고 싶은 일은 할 수 있습니다. 하고 싶은 일을 하면 밥이 맛있어집니다. 밥을 잘 먹으면 달게 잘 수 있습니다. 그러면 다음 날 아침 프리미엄 똥을 눌 수 있게 됩니다. 요즘 들어 여자친구 낯빛이 흐려지고 잡티가 많아졌다면 비싼 에센스 대신 『쾌변 천국』을 예쁘게 포장해서 보내시길. 이만큼 배려심 깊은 남자가 따로 없을 겁니다.

『쾌변 천국』이 사람의 똥에 관한 의학적이며 과학적인 수다였다면 『똥』은 똥에 얽힌 역사적, 경제적, 산업적인 이야기까지 풀어냅니다. 두 권만 챙겨도 집에서는 쾌변을 즐길 힌트를 얻을 수 있고, 술자리에서는 똥 유머를 마음껏 날릴 수 있습니다.

저는 이 '똥책'들 덕분에 돈도 벌었습니다. 지난해 여름 세종문화회관 미술관에서 〈이것이 대중미술이다〉라는 전시를 했습니다. 저도 이 전시에 초대되었는데 전시를 담당하는 큐레이터가 제게 부탁을 하였

모든 동물은 입에서 시작하여 항문으로 끝나는 튜브입니다.
사람도 마찬가지입니다. 그래서 장을 두번째 뇌라고도 부릅니다.
긴장하면 배가 아프고 스트레스 받으면 곧바로
변비가 생기는 것도 장이 뇌처럼 생각하고 반응하기 때문입니다.

습니다. 밥장씨는 다른 작가들과 조금 색깔이 다르니까 미술관 남녀 화장실을 전시 기간 동안 색다르게 꾸며주면 어떻겠느냐고 물었습니다. 그래서 밤에 홀로 화장실에 남아서 벽에다 똥 이야기를 잔뜩 그렸습니다. 여자 화장실에는 쾌변에 대한 축원을 담았고 남자 화장실에는 『똥』에 나오는 구절들을 인용해가며 똥 유머를 마음껏 쏟아부었습니다.

사실 '종이 작업'은 인간이 동물과 구별되는 한 가지 특징이기도 하다. 돌이켜 보건대 30년 전 내가 건조한 멕시코 북서부 지방의 공원이나 도로변에서 가끔씩 보이는 사람의 똥을 개똥과 구별해 낼 수 있었던 것도 꼭대기에 얹힌 '종이왕관' 덕분이었다.

_『똥』에서

이 문장에 영감을 받아 왕관을 쓴 똥을 그렸습니다. 나중에 작품을 보신 분이 '똥킹'이라는 귀여운 이름을 붙여주었습니다. 똥 덕분에 미술관 화장실을 채웠고 제작비도 받았습니다. 똥으로 돈을 번 셈이죠. 작품에 영감을 주었던 똥 이야기들을 한번 살펴볼까요?

지그문트 프로이트는 배설에 대한 관심이 유아기 때부터 생겨나는 자연스런 성향이라고 주장했다. 그도 그럴 것이, 똥은 어쨌거나 아이가 혼자

이 있다고 주장했다.

중국의 속담 중에는
"시앙피부초우 초우피부시앙",
즉 '방귀는 시끄럽지만 냄새가 없거나,
조용하지만 지독한 냄새를 풍길 수도 있다'는 말이 있다.

왜가리는 미국 시골에서
'똥자루'라는 뜻을 지닌
왜가리 똥이 쌓이는 속

를 배설강에 달고 다니는것은
때문에 생긴 증세라고 보면 대체로 옳다.

성서의 에제키엘 서(4:12~15)에는
하느님이 쇠똥으로 대신해도 좋다고

부 위생 상태는 경악 그 자체였을 것이다.

히 배고픈 물고기 떼가

코알라 가운데는 개인 위생에 별 관심이 없는 암컷도 많이
때로는 쌓인 오물 때문에 새끼가 질식사하는 불행을

똥거름은
동네의 똥거름보다
질이 훨씬 좋다고 알려져 있다.

집에서 키우는 개는 고양이의 똥을 아주 좋아한다.
단백질이 풍부한 먹이를 즐겨 먹는 까닭에 대체로 고양이 똥에는 개똥보다 배설물에
영양가 높은 물질이 많이 남아 있다.

힘으로 만들어 내도록 어른으로부터 격려받는 최초의 물건이다.

_『똥』에서

아마 살면서 똥 쌌다고 칭찬받는 건 어린 시절이 처음이자 마지막일 겁니다.

집에서 키우는 개는 고양이의 똥을 아주 좋아한다. 단백질이 풍부한 먹이를 즐겨 먹는 까닭에 대체로 고양이 똥에는 개똥보다 배설물에 영양가 높은 물질이 많이 남아 있다.

_『똥』에서

그래서 개들이 입맛을 다시며 고양이 뒤꽁무니를 졸졸 따라다니나 봅니다.

성서의 에제키엘 서(4:12~15)에는 '내 빵을 인분에 구우라'는 하느님의 말씀에 선지자가 이의를 제기하자, 하느님이 쇠똥으로 대신해도 좋다고 허락하는 대목이 있다.

인간의 배설물에는 먹은 음식의 8퍼센트에 해당하는 열량이 있다 한다. 물론 정확한 수치는 개인의 기호나 식습관에 따라 다르다. (……) 일본

의 부자 동네 똥거름은 가난한 동네 똥거름보다 질이 훨씬 좋다고 알려
져 있다.

_『똥』에서

똥 이야기는 지구 밖 멀리 우주에서도 계속됩니다. 내로라하는 우
주 기술자들이 우주인들이 똥을 싸고 처리하는 방법을 놓고 지난 반
세기 동안 머리를 맞대고 고민하였습니다. 우주에 가면 웬만하면 화
장실 가고 싶은 생각이 들지 않습니다. 왜냐하면 무중력상태에서는
똥이 항문을 짓누르지 않고 장벽에 붙어 있기 때문입니다. 대장이 꽉
차 더 이상 옴짝달싹하지 못하는 단계에 이르러야 마렵다는 기분이
듭니다. 똥 마렵다는 기분이 들 때쯤이면 이미 상태가 심각한 셈이죠.
그래서 화장실 설계를 담당하는 우주 기술자들은 우주에선 마렵지 않
더라도 자주 화장실에 가라고 충고합니다. 게다가 중력이 없기 때문
에 똥이 제대로 떨어지지 않습니다. 그래서 우주비행사들은 훈련 중
에 연습용 화장실에 앉아 똥 누는 법을 새롭게 배웁니다. 연습용 좌석
위에 앉으면 변기에 설치된 카메라가 엉덩이를 비쳐줍니다. 화면을
보면서 엉덩이를 펴서 항문을 정확한 위치에 맞춰 조준합니다. 이런
훈련을 우습게 보고 똑바로 하지 않았다가는 우주선에 똥이 둥둥 떠
다니는 재앙이 닥칠 수 있습니다. 실제로 메리 로치가 쓴 『우주 다큐』
에서는 똥 때문에 욕본 우주비행사들 이야기가 한없이 쏟아집니다.

NASA에서는 우주선 발사일 아침식사로 스테이크와 달걀을 줍니다. 왜냐하면 완숙된 달걀만큼 완전히 소화되고 흡수되는 음식이 없기 때문입니다. 똥 걱정을 덜어주어서 그런지 우주비행사들도 무척 좋아한다고 합니다.

만약 화성으로 유인 우주선을 발사한다면 어떨까요? 우주비행선이 하나의 작은 지구가 됩니다. 그러면 우주비행사가 싼 똥은 어디로 갈까요? 3년에 걸쳐 네 명의 우주인이 화성으로 날아간다면 약 450킬로그램의 똥이 모입니다. 우주 영양학자는 효율적인 비행을 위해서라면 이것 역시 재활용 가능성을 따져보아야 한다고 심각하게 조언합니다. 실제로 탄소로 가수분해하면 똥으로 햄버거 패티도 만들 수도 있다고 합니다. 굳이 먹지 않겠다면 똥을 우주 방사능을 막는 방패로도 쓸 수 있습니다. 똥 방패 덕분에 백혈병에 걸릴 위험을 줄일 수도 있습니다.

아무리 똥이 귀하다고 하지만 자꾸 이야기하니까 속이 좋지는 않습니다. 지난해에 네팔에 갔을 때 20년 넘게 그곳에서 살아온 선교사가 화장실 문화에 대해 이야기해주었습니다. 아시다시피 네팔에서는 똥을 싼 다음에 물로 닦습니다. 화장실에 휴지는 없어도 물통과 자그마한 '빠게쓰'는 꼭 걸려 있습니다. 여러분 손에 똥이 묻었다고 해봐요. 그러면 휴지로 닦겠습니까? 아니면 물로 씻겠습니까?'

위생에 대한 관념도 알고 보면 선입견에 불과합니다. 따뜻한 물로 씻으면 항문 괄약근이 이완되면서 혈액순환이 잘되어 치질 예방에도 좋습니다. 특히 변비나 설사는 항문 위생에 치명적이기 때문에 더더욱 물로 닦아줘야 합니다. 네팔 사람들의 지혜가 필요한 순간입니다. 비데도 좋습니다만 수압이 너무 높으면 항문 근육이 경련을 일으키거나 몸속으로 물이 들어가 졸지에 관장하는 꼴이 됩니다.

> 유익균을 늘릴 수 있는 발효식품과
> 채소, 어패류를 많이 먹도록 하며,
> 특히 식이섬유를 적극적으로 섭취해야 합니다.
> 식이섬유가 많은 식품으로는
> 감자류, 콩류, 채소, 버섯류, 해조류, 건해조류, 땅콩류, 과일 등이 있습니다.
>
> _『쾌변 천국』에서

똥박사님이 권하는 음식입니다. 내일부터 채소 먹고 과일 먹고 물로 씻으며 건강한 똥과 새롭게 하루를 출발하시길 바랍니다.

밤 의 인 문 학
열 네 번 째 밤

CROW
WE ARE ALL
THE CROW

카페

커피, 사람 그리고
기억에 대하여

『카페의 역사』 크리스토프 르페뷔르, 강주헌 옮김, 효형출판, 2002년 출간
『심야책방』 윤성근, 이매진, 2011년 출간
『파리 카페』 노엘 라일리 피치 글 · 릭 툴카 그림, 문신원 옮김, 북노마드, 2008년 출간
『커피견문록』 스튜어트 리 앨런, 이창신 옮김, 이마고, 2005년 출간

지난해 겨울 스페인에서 20년 넘게 산 선배
와 함께 마드리드의 단골 카페에 들렀습니다. 그곳은 돌을 쌓아 만든
건물에 동굴처럼 자리 잡았고 의자와 테이블은 사람들 손때로 반질거
렸습니다. 테이블만큼이나 나이 든 마음씨 좋게 생긴 할아버지가 주
문을 받았습니다. 선배는 20여 년 전 대학 졸업 파티 때에도 주문을
받던 분이라고 귀띔해주었습니다. 그래서인지 그가 내온 맥주와 투박
하게 저민 하몽은 더욱 맛있었습니다.

'엥카리냐르', 우리말로 번역하면 '정들다'라는 뜻입니다. 스페인에
서 남편이나 아내를 '카리뇨'라고 합니다. '정든 사람'이라는 뜻이죠.
정이란 단어를 마드리드의 카페에서 흠뻑 느꼈습니다.

카페 이야기를 하면 오래된 영화 「스모크」가 떠오릅니다. 하비 케이틀은 브루클린의 거리를 매일 아침 사진에 담습니다. 찍은 사진이 4천 장이 넘습니다. 처음 몇 장은 비슷하지만 시간이 갈수록 조용히 달라져 있었습니다. 마치 시곗바늘을 볼 때처럼 말이죠. 나이가 들수록 자꾸 뒤를 돌아보게 되고 그 자리에 작은 골목과 카페 하나쯤 변하지 않고 남아 있으면 하고 바랍니다.

저는 여기 신촌에 있는 대학에 다녔습니다. 요즘 다시 오면 그때 잘 나갔던 카페들은 흔적조차 없습니다. 먹자골목 입구 지하에 있던, 푸짐한 파르페가 끝내줬던 '에스프리'도 없고 마광수 교수를 스타로 만든 '장미 여관'도 없습니다. 장미 여관 맞은편 어둠침침한 칸막이에서 숱한 로맨스와 스캔들을 엮었던 '셀렉트'도 없고 햇살 좋고 큰 테이블이 있어 모여서 리포트 쓰기 딱 좋았던 '라 뽀레'도 없습니다. 요 앞 골목, 척 맨지오니의 「필 소 굿(Feel So Good)」 같은 퓨전재즈를 LP로 틀어주던 '후즈후'도 없어진 지 오래입니다. 휴대전화는커녕 삐삐마저 없었기에 창천교회 맞은편 독다방 아니 '독수리 다방' 입구에는 진짜 게시판이 있었습니다. 게시판에는 약속 장소를 적어놓은 쪽지들이 늘 더덕더덕 붙어 있었습니다. 커피를 시키면 맨 빵(식빵)을 전자레인지에 살짝 돌려 꿀과 함께 내왔습니다. 독수리 다방 역시 오래전에 사라졌습니다. 이렇게 허무하게 사라질 줄 알았더라면 하비 케이틀처럼 사진이나 찍어둘 걸 그랬습니다. 더 거슬러 올라가서 어머니, 아버지

세대가 놀았던 '셀부르'가 명동에 남아 있다면 어땠을까요? 또한 경성의 모던보이 이상이 손님을 맞이하며 커피를 홀짝이던 '69'가 아직 남아 있다면 어땠을까요? 아마도 이런 풍경이 펼쳐졌겠죠.

"손님, 이 자리에서 이상이 오감도를 썼습니다. 그때 그 테이블입니다."

홍대를 약간 벗어나 상수역에서 한강 쪽으로 걸어가다 보면 언덕을 넘기 전에 조그마한 골목이 나옵니다. 주택가 골목에 카페가 하나둘 박혀 있습니다. 지난 늦은 여름 강영민 작가와 '탐라식당'에서 저녁을 먹고 '그문화 다방'에서 하이네켄을 홀짝거렸습니다. 밤이 깊어지자 살짝 서늘해졌습니다. 사람의 발길이 줄어들면서 골목은 제 모습을 드러냈습니다. 붉은 벽돌, 작은 간판, 노란 주차 라인, 전신주가 어우러져 벌써부터 그리워지는 풍경이었습니다. 스스로 월드 클래스 매너를 갖고 있다고 자부하는 강 작가가 한마디 하더군요.

"이 골목은 지금 즐겨야 돼요. 조금 지나면 곧 유명해질 테니까요. 이름이 나면 사람들이 많이 찾겠죠. 사람이 많아지면 집세가 올라가고 작은 가게들은 하나둘씩 밀려나겠죠. 그러다 보면 여느 홍대 골목과 다를 바 없어지겠죠. 그러니 지금 조용할 때 즐겨야 돼요."

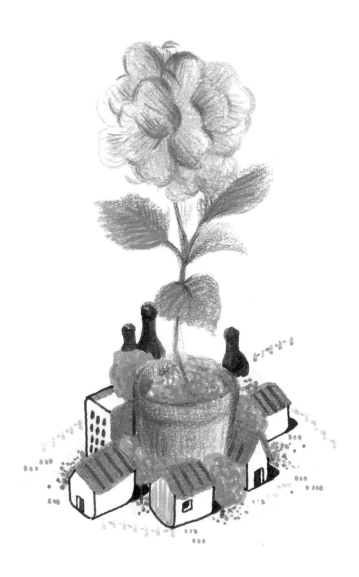

" 이 골목은 지금 즐겨야 돼요. 조금 지나면 곧 유명해질 테니까요.
이름이 나면 사람들이 많이 찾겠죠.
사람이 많아지면 집세가 올라가고 작은 가게들은 하나둘씩 밀려나겠죠.
그러다 보면 여느 홍대 골목과 다를 바 없어지겠죠.
그러니 지금 조용할 때 즐겨야 돼요. "

며칠 전 가보니까 작가의 예언처럼 또 바뀌어 있더군요. 무조건 새롭게 다듬는다고 해서 걷고 싶은 거리가 되지는 않습니다. 오랜 시간에 걸쳐 사람들이 걷고 또 걷다 보면 난간은 자연스레 반들거리고 보도의 모서리는 닳습니다. 도시의 골목은 조용히 낡아가면서 드라마를 써냅니다. **내 이야기**가 덧입혀질지 모른다는 기대와 설렘을 불러일으키는 곳이 멋진 골목이 아닐까 싶습니다.

『카페의 역사』는 이런 점에서 몹시 부럽습니다. 크리스토프 르페뷔르가 프랑스 구석구석 돌아다니며 카페를 찾아낸 정성도 정성이지만 사진으로 담을 수 있는 오래된 카페가 아직 많이 있다는 사실이 더 놀랍습니다. 게다가 플로베르, 발자크, 보들레르 등 내로라하는 작가들이 이 카페들에 대해 한마디씩 던집니다. 오래되면 견디지 못하고 확 뜯어고치는 강박적인 조급함보다는 때가 묻으면 묻는 대로, 먼지가 쌓이면 쌓이는 대로 내버려두는 여유가 그저 부러울 따름입니다. 빈티지란 '낡고 깨끗한 것'입니다. 굳이 새롭지 않아도 깨끗하면 괜찮습니다. 서울에도 깨끗하게 간수해야 할 오래된 것들이 많고 여기에 많은 이야기가 쌓여 있습니다. 낡았다고 무조건 때려 부수면 오래된 이야기도 함께 부서집니다.

지난해 겨울 뉴욕 그리니치 거리를 걸었습니다. 1970~80년대에 발매된 소울 LP를 뒤적거리고 1907년에 연 가게에서 커피콩 향기를

맡았습니다. 제 머릿속에는 이미 주크박스가 돌아가며 월터 잭슨의 선 굵은 발라드가 흘러나왔습니다. 오랫동안 뉴욕에 머물며 방송 코디네이터를 하는 분이 이 거리의 매력에 대해 이야기했습니다.

"뉴욕에서 맛집을 찾는 건 별 의미가 없어요. 그냥 거리를 걷다가 내키는 대로 들어가면 언제나 새로운 이야기가 시작되거든요."

제가 30년 넘게 살고 있는 은평구는 카페하고는 무척 거리가 멉니다. 서울에서 가장 큰 구라고 하지만 내세울 거리나 골목은 딱히 없습니다. 그나마 '심야책방'이 있어서 다행입니다.

심야책방은 한 달에 두 번 책방 문을 밤새도록 열어두는 것을 말합니다. 처음에는 제가 책 읽고 글 쓰는 시간을 가지려고 시작한 건데 의외로 많은 사람들이 늦은 밤 책방 문을 열고 들어옵니다.

_『심야책방』에서

이 책의 작가인 윤성근씨는 책을 아주 좋아해서 번듯한 직장을 관두고 응암동 구석에 헌책방 겸 북카페인 '심야책방'을 차렸습니다. 제가 바로 옆 동네인 구산동에 살고 있기에 동네 카페를 연다는 게 얼마나 큰 모험인지 잘 압니다. 2007년에 문을 열어 지금까지 같은 자리에서 버텨온 것만 해도 엄지손가락을 들어올릴 만합니다. 제겐 은평구 로고가 큼지막하게 박힌 크롬 도금한 가로등보다 잘 고른 책들이 꽂혀 있는 심야책방이 훨씬 더 자랑스럽습니다.

자신의 마음에 쏙 드는 카페를 점찍어 운명을 같이한다면 그 카페를 '소유'한 거나 같다.

_『파리 카페』에서

『파리 카페』는 운명까지 꺼냅니다. 『파리 카페』는 파리의 수많은 카페 중 오로지 르 셀렉트(Le Select)에 대해서만 수다를 떱니다. 르 셀렉트는 1925년 파리 바뱅 가(街)에서 문을 열었습니다. 카페 내부와 외관은 처음 모습 그대로입니다. 지금까지 수많은 유명 인사들이 다녀갔습니다. 헤밍웨이가 글을 썼고, 사르트르가 밤새 토론을 벌였으며, 피카소가 그림을 그렸습니다. 단순히 유명 인사가 많이 왔다는 데에 그치지 않습니다. 그들도 여기에서만큼은 평범한 사람들 사이에서 소박하게 어울렸습니다. 오래된 카페이다 보니 손님이나 종업원 들이나 오래되긴 마찬가지입니다. 손님은 주문하는 기분이 들지 않고 종업원도 틀에 박힌 서비스를 제공하지 않습니다. 카페가 이심전심으로 돌아가는 듯합니다. 르 셀렉트는 커피를 마시는 곳일 뿐 아니라 '혼자 있고 싶지만 자신을 이해해줄 동지가 필요한 사람들을 위한 장소'가 됩니다. 오늘도 서울에는 카페가 수십 개씩 생겼다 없어집니다. 과연 우리에게는 동지를 만날 수 있는 장소가 얼마나 될까요?

천상병 시인은 "아름다운 이 세상 소풍 끝내는 날 가서, 아름다웠더라고 말하겠다"고 다짐한 채 세상을 떠났습니다. 사실 소풍은 어린아이보다 어른들에게 더 절실합니다. 가장 짧게 갈 수 있는 소풍이라면 평일 오후 사무실에서 살짝 빠져나와 조용한 카페에서 홀짝거리는 에스프레소 한 잔 정도가 아닐까 싶습니다.

에스프레소 이야기가 나왔으니 커피 이야기를 해볼까요? 카페를 말하는데 커피를 빼놓을 수 없죠. 시간을 거슬러 16세기 영국으로 가보겠습니다. 한 여성단체가 정부에 이런 탄원서를 보냈답니다.

최근 우리 남성들이 한낱 참새로 전락하여, 격렬하게 퍼덕이다가 단 한 방에 우리 앞에 나가떨어지는 모습을 보면 비통함을 가눌 길이 없다. 이 모든 현상은 다름 아닌 이것을 지나치게 마신 결과다. 그러니 60세 미만의 모든 사람에게 이것을 금지해주길 바란다.

_『커피견문록』에서

런던의 여성들을 단단히 화나게 만든 건 커피였습니다. 당시에는 커피가 섹스에 해가 된다고 믿었습니다. 그래서인지 커피를 하찮고, 천박하며, 시커멓고 진한, 게다가 역겹고, 쓰디쓰며, 독한 향에, 속이 넘어올 것 같은 걸쭉한 물이라고 묘사하였습니다. 실제로 어떠냐구요? 궁금해요? 전문가의 말에 따르면 커피가 성 행위 자체에 영향을 끼치지는 않지만 정자가 카페인에 노출되면 더욱 빠르게 헤엄쳐 난자를 수정시킬 가능성이 높아진다고 합니다. 정자도 출근하면서 테이크 아웃 아메리카노부터 찾나 봅니다.

커피 없이는 아침도 없다는 분들이 참 많습니다. 『커피견문록』을 보면 커피가 직장인들의 아침만 깨운 게 아닌가 봅니다. 커피 덕분에 유럽이 숙취에서 깨어나 문명이 발전할 수 있었다고 합니다. 16세기 유럽에서는 아침식사로 맥주에 달걀을 넣고 되직하게 만든 뒤 빵 위에 부어 먹었습니다. 북유럽 사람들은 맥주를 하루 평균 무려 3리터나 마셨다고 합니다. 일반인은 물론 정치인, 군인, 심지어 교황까지도 모두 얼큰하게 하루를 시작했던 것이지요. 이 풍속이 커피의 등장으로 달라진 겁니다.

아시다시피 커피에 있는 카페인은 각성 효과가 있습니다. 카페인은 현대인을 위한 공인된 마약으로 불립니다. 지금의 터키인 오스만 제국의 술탄은 커피점을 아예 금지하였습니다. 함께 커피를 마시면 맑은 정신으로 이야기 나누게 되고 수다를 떨다 보면 자연스레 정치 이야기를 하게 됩니다. 커피점에 사람이 모이고 정치적인 의견을 나눌수록 민주주의가 싹트게 됩니다. 술탄은 그게 못마땅했습니다. 커피를 마시다 술탄의 눈에 띄면 목이 달아나기도 했습니다. 커피를 금지했던 술탄답게 그는 알코올중독으로 죽었습니다.

유럽 최초의 커피점은 1650년 영국 옥스퍼드에 문을 엽니다. 유럽에서 커피점의 종주국은 영국인 셈이죠. 그런데 영국인들은 차를 더 마십니다. 여기에는 경제적인 이유가 있었습니다. 18세기 유럽의 열강이 제국으로 성장하면서 전 세계에 식민지를 건설했습니다. 때마침 커피가 유럽을 휩쓸었습니다. 커피가 돈이 되니까 앞다투어 식민지에 커피 농장을 만들었습니다. 프랑스는 카리브 연안에, 네덜란드는 인도네시아에 커피 농장을 만들었습니다. 그런데 영국은 커피를 재배하기에 좋은 식민지가 없었습니다. 영국인들이 커피를 마실수록 프랑스나 네덜란드에 돈을 바치는 꼴이었습니다. 하지만 이미 커피에 맛을 들인 터라 카페인이 담긴 대체 음료가 필요했습니다. 차가 적당했지만 차를 재배할 만한 식민지도 없었습니다. 하지만 식민지 인도에서 아편이 났고 중국에는 대규모 차 농장이 있었습니다. 아편은 중국인에게 인기가 높았죠. 그래서 영국은 인도산 아편을 중국에 팔고 중국산 차를 샀습니다. 중국인이 아편을 워낙 좋아하니까 영국은 아편 값을 올렸습니다. 상대적으로 중국산 차의 가격은 떨어졌고 덕분에 영국인들은 커피의 반값에 차를 즐길 수 있었습니다. 커피점은 영국에서 서서히 사라지고 차가 그 자리를 대신했습니다. 결국 아편 때문에 영국과 청나라는 전쟁을 치렀습니다. 영국이 전쟁을 치르면서까지 아편을 판 것은 중국인들이 더 많이 아편을 피워야만 싼 값에 중국산 차를 살 수 있었기 때문입니다.

커피의 어두운 역사는 여기서 그치지 않습니다. 아프리카 에티오피아에서 재배되던 커피가 유럽 열강의 손에 의해 남아메리카로 넘어옵니다. 남아메리카에 플랜테이션이라고 하는 대규모 커피 농장이 생기면서 노예가 늘어났습니다. 아프리카 노예 하면 보통 미국을 떠올리잖아요? 북아메리카의 아프리카 노예가 총 50만 명이었는데 브라질에는 커피 재배를 위해 200년 동안 300만 명, 설탕 재배를 위해서는 무려 500만 명이 아프리카에서 노예로 수입되었습니다. 지금도 브라질에서는 이들의 후손인 흑인 혼혈들이 빈곤하게 삽니다. 리우데자네이루의 부자는 세계 최고의 부자고 가난한 사람들은 아프리카 극빈층보다 더 가난하다고 합니다.

다시 신촌으로 돌아와볼까요? 신촌에 오면 더빠에만 들릅니다. 여기에 오려고 신촌을 찾는다는 게 맞습니다. 카페가 사라지면서 기억과 문화도 사라지고 장사만 남은 골목이라 어디를 가야 할지 도무지 모르겠습니다. 요즘에는 홍대 앞이 예전에 신촌이 그랬듯이 변해가는 것 같아 몹시 아쉽습니다. 독수리 다방과 함께 신촌이 지워졌듯이 작고 개성 있고 단골을 반기는 주인들이 꾸리는 카페들이 사라지는 순간 홍대도 사라지지 않을까 걱정됩니다.

"하고 싶은 일을 하려니
불효자식이 된 기분입니다"

Q. 저는 프리랜서 일러스트레이터입니다. 그전까지는 유통업체에서 디스플레이를 하는 경력 9년차 회사원이었습니다. 입사 4년쯤부터 프리랜서 일러스트레이터로 일하는 걸 꿈꾸었습니다. 직장 다니면서 아르바이트로 조금씩 그렸습니다. 그런데 회사에서 책임을 피할 수 없는 자리를 맡게 되었습니다. 업무 부담은 늘고 일러스트는 하고 싶고……. 그래서 결국 퇴사했습니다. 하지만 9년 동안 꼬박꼬박 회사를 다니다

가 프리랜서가 되니 제자리가 없어지고 사회적 지위도 사라진 기분이 듭니다. 그렇게 바라던 일을 하는데도 너무 낯설고 존재감마저 사라진 듯합니다. 요즘 같은 불경기에 잘 다니던 회사를 때려치웠으니 불효자식이 된 기분이고 남편에게도 왠지 미안합니다. 밥장님은 어떻게 프리랜서 생활에 적응하셨어요?

A. 불효자식도 맞고 남편에게 미안한 일도 맞습니다. 먼저 나는 착한 사람이라는 강박에서 벗어났으면 합니다. 누구나 부모한테 효자 노릇하고 싶고 남편이나 아내에게는 멋진 반려자가 되고 싶습니다. 자식들 뒷바라지도 시원하게 다 해주고 싶습니다. 착하지 않은 사람은 거의 없습니다. 다만 마음만큼 운이 따라주지 못하거나 능력이 부족할 따름입니다. 그래서 더 마음이 아

프고 스트레스도 받습니다.

그런데 혹시 '나는 착한 사람이니까'라는 말로 핑계를 삼는 건 아닌지 생각해보시길 바랍니다. 새로운 일에 대한 두려움이나 섣부른 결정 따위를 얼버무리거나 일이 잘 안 풀렸을 때 방패막이로 삼는 게 아닌지 말이죠. 만약 그렇다면 나를 속이는 겁니다. 다른 사람은 속일 수 있어도 나 자신을 속이기는 무척 어렵습니다. 그리고 나를 속일 때 양심의 가책은 훨씬 큽니다.

불꽃같은 열정으로 불타올라 하고 싶은 일에 달려든다면 이런 모습에 가족이나 주위 분들이 오히려 희망을 얻으실 겁니다. 힘차게 들이대시길. 그래서 권태와 무능, 공허, 무기력에서 벗어나시길 바랍니다. 마지막으로 패티 김이 「아침마당」에 나와 한 말씀을 들려드리고 싶습니다.

"욕 좀 먹는다고 안 죽어요."

밤 의   인 문 학

열다섯 번째 밤

섹스

성적 황홀함과
타이밍에 대하여

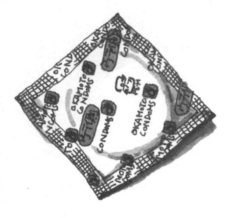

『외면일기』 미셸 투르니에, 김화영 옮김, 현대문학, 2004년 출간
『호모 에로티쿠스』 다케우치 구미코, 태선주 옮김, 청어람미디어, 2003년 출간
『모래의 여자』 아베 코보, 김난주 옮김, 민음사, 2001년 출간

몸은 거짓말을 하지 않는다. 그 이유는 바로 말을 하지 않기 때문이다.

_『외면일기』에서

그림을 그리고 글도 써야 하기에 제 머릿속은 늘 새로운 소재나 이야기로 복작거립니다. 그러다 문득 여성들과 만나 자신이 느꼈던 엑스터시, 성적 황홀감에 대해 인터뷰를 해보면 어떨까 싶었습니다. 말 나오면 바로 하는 성격이라 실제로 몇몇 여성들을 만나 인터뷰를 했습니다. 인터뷰하기 전에는 야한 묘사가 쏟아져 나오리라 은근 기대했습니다. 하지만 '탑을 쌓는다' '안에서 소용돌이치면서 밖으로 빛이 발산된다' '손끝이 저린다'라고들 묘사하였습니다. 그리고 황홀감 자체도 좋지만 사랑하는 사람과 지금, 함께 나누고 있다는 정신적인 만족감이 더 크다고 했습니다. 몹시 실망했습니다. (웃음) 좀 더 많은 분들을 만난다면 다른 이야기도 나올 수 있겠죠. "이런 변태 같은 아저씨"라는 말은 듣겠지만 아직도 미련이 남는 소재임이 틀림없습니다.

섹스에 관한 이야기를 하려니 중학교 때 체육 선생님 말씀이 떠오릅니다. 그는 중학교 2학년 학생들을 앞에 놓고 대뜸 "너희들 섹스해봤냐?"라고 물어보았습니다. 설사 있더라도 말할 분위기는 아니었지만 대부분 저처럼 자위나 야동에만 푹 빠져 있었습니다. 진짜 여자의 성기에 나의 성기를 넣는다는 건 단지 호기심의 영역이었지 실천의 영역은 아니었습니다. 말없이 가만 있자 선생님은 그럴 줄 알았다며 그럼 언제부터 섹스를 해도 되는지 아느냐고 물었습니다. 법적으로 어른이 되는 나이가 언제이고 그때까지는 절대 하면 안 된다고 말할 줄 알았습니다.

하지만 선생님의 말씀은 의외였습니다. "너희들이 여자 앞에서 옷을 벗어도 부끄럽지 않을 때"라고 하였습니다. 만약 아직 미성년자이니까 어른이 돼서 실컷 하라고 했다면 좋은 건 자기들끼리 다 하면서 왜 우리들만 못하게 막는지, 우리도 알 건 다 안다며 반항했을지도 모릅니다. 하지만 이성 앞에서 발기한 성기를 보여준다고 생각해보니 여간 부끄러운 일이 아니었습니다. 여러분은 어떠신지요. 아직도 부끄러운가요?

분명 서로 잠자리를 자주, 그리고 기분 좋게 같이 하는 경우에는 만사가 해결된다. 하지만 그렇지 못할 경우에는…….

_『외면일기』에서

부부의 섹스에 관해 들었던 가장 재미있는 이야기가 있습니다. 몇 년 전 가수 신해철의 인터뷰를 보았습니다. 교복을 좋아해서 가끔 아내에게 그걸 입힌다는 위험한 말을 공중파 방송에서 스스럼없이 하더군요. 역시 신해철이라며 엄지손가락을 세웠습니다. 자기가 무엇을 좋아하는지 분명히 알고 당당하게 즐길 줄 아는 사람이 행복한 법입니다. 섹스는 말할 것도 없습니다. 아내의 교복 차림을 좋아한다고 대놓고 말하는 남자, 그리고 남편이 좋아한다고 입어주는 아내. 몸은 거짓말을 하지 않습니다. 비록 (제 생각에) 그의 삶이 오버로 점철되었다고는 해도 그거 하나는 무척 부럽더군요.

J. 지로두의 『엘렉트라』에서 여왕 클리템네스트라는 자기가 아가멤논 왕을 살해한 것은 그의 애인 에지스트를 대신 왕좌에 앉히기 위해서가 아니라 왕이 찻잔을 집어들 때나 왕관을 머리에 쓸 때 새끼손가락을 공중으로 쳐드는 습관이 있어 짜증이 나기 때문이라고 설명한다.

_『외면일기』에서

저나 어머니나 나이가 드니까 이제 어머니도 결혼하기 전 데이트 하던 남자 이야기도 꺼내십니다. 대학을 졸업하고 한창 선을 보러 다닐 때 한 남자를 만났다고 합니다. 그는 멋스럽게 트렌치코트를 차려 입고 다방에 왔고 첫인상도 무척 좋았답니다. 커피를 마시며 도란도란 이야기를 나누다가 함께 저녁을 먹기로 했습니다. 그는 지하 다방의 계단을 앞서 올라갔고 어머니는 뒤따라 올랐습니다. 남자는 주머니에 손을 넣고 계단을 올랐는데 그러다 보니 트렌치코트의 갈라진 뒤태 사이로 엉덩이가 삐죽 튀어나왔더랍니다. 어찌나 보기 싫었던지 대충 저녁을 먹고 다시는 만나지 않았다고 합니다. 그래서 결국 지금의 아버지를 만났는데, 글쎄요. (웃음) 아무튼 남녀 사이는 커다란 문제보다 사소한 짜증을 더 못 견디는가 봅니다. 이래서 타이밍이 중요하다고 말하는지도 모르겠습니다.

육체적인 면에서 서로 잘 맞는 사람들 사이에서는 아주 사소한 기벽이 애정을 촉발하는 계기가 되지만, 그 반대인 경우에는 폭발적인 노여움을 불러일으킬 수가 있는 것이다.

_『외면일기』에서

남자와 여자의 성적인 어울림, 이른바 속궁합은 술자리 애깃거리로 자주 등장합니다. 얼큰히 술이 오른 채 낄낄거리다 보면 자물쇠와 열

쇠처럼 제짝이 있다는 무리와 노력으로 충분히 맞출 수 있다는 무리로 나뉩니다. 정말 속궁합이라는 게 있는지 모르겠지만 막판에는 제 경험까지 들먹이며 핏대를 올리기도 합니다. 이럴 때 동물행동학자가 나타나 "침팬지도 그렇고 사슴도 그렇습니다. 사람도 예외는 아닙니다. 자, 그럼 다음 질문." 이렇게 짚어주면 어떨까요.

바쁜 동물행동학자를 직접 질펀한 술자리까지 모실 수는 없지만 대신 우리에겐 책이 있습니다. 그래서 한 권 골라왔는데 제목이 근사합니다. 『호모 에로티쿠스』. 부제는 '동물행동학으로 보는 인간의 성과 사랑'입니다. 일본의 여성 동물행동학자인 다케우치 구미코 박사가 주간지에 연재한 글을 모았는데 독자들의 질문에 '동물행동학'적인 지식으로 대답합니다. 그런데 그 질문들이 아주 노골적입니다. 영화가 시작부 5분 분량으로 흥행이 판가름나듯이 책도 앞부분 몇십 페이지로 완독을 이끕니다.

『호모 에로티쿠스』의 첫 번째 질문을 볼까요? 32세 남자가 보낸 질문으로 결혼 후에 자위를 하는데 죄의식을 느껴야 하는지 물어봅니다. 박사님은 이런 대답을 합니다.

암컷을 모두 차지하는 히말라야 원숭이의 우두머리도 자위하고 역시 암컷을 모두 차지하는 유럽붉은사슴의 우두머리도 자위합니다. 다 '질 좋은 정자'를 얻기 위해서랍니다. 옛것을 버리고 새것을 준비하기 위한

본능이니까 결혼을 하고 자위를 한다고 해서 이상할 것 없습니다. 그러
니 안심하세요.

_『호모 에로티쿠스』에서

이어지는 질문에도 박사님은 한 점 흐트러짐 없이 침착하게 대답해
줍니다. 덕분에 끝까지 읽게 되죠. 그림은 (역시나 앞에서 소개한) 일러
스트레이터 분페이의 작품입니다. 질문과 대답이 그렇다 보니 표지도
비슷하게 노골적입니다. 수줍음이 많은 독자라면 지하철에서 쫙 펴놓
고 읽는 게 민망할지도 모르겠습니다. 아무튼 박사님은 성과 사랑에
대해 말 못할 고민들을 인간도 동물이라는 전제 하에 동물의 습성과
비교하여 시원하게 풀어주고 있습니다.

그런데 제가 하는 행동을 동물들도 똑같이 하는 걸 볼수록 이상하
게 안심이 됩니다. 저만 그런가요? 생명에 위협이 될 만한 절박한 상
황에 놓이면 섹스가 활발해진다고 합니다. 전쟁을 배경으로 한 사랑
이야기가 소설이나 영화에 빠짐없이 등장하는 것도 이런 이유 때문입
니다. 그래서 오래된 커플이 권태를 느끼거나 부부가 오랫동안 섹스
리스로 지내는 게 단지 파트너의 문제라기보다 자극 없는 상황에 놓
여 있거나 **타이밍**이 빗나갔기 때문이라고도 합니다. 적어도 동물행동
학의 입장에서 말이죠.

아베 코보가 쓴 『모래의 여자』에도 동물들의 이런 행동이 묘사됩니다. 시들어가던 조릿대가 서둘러 열매를 맺는다거나 굶주린 쥐가 이동하며 교미를 반복하거나 결핵 환자가 섹스에 몰두한다거나 하는 등의 장면이죠. 또 탑의 꼭대기에 사는 왕은 할렘을 만드는 데 열정을 다하는 예도 나옵니다. 심지어 적의 공격을 기다리는 군인들이 한시를 아까워하며 자위에 심취하는 장면에서는 동물학자들이 말하는 생명의 위협과 섹스의 상관관계에 동의하게 됩니다.

제가 한창 회사를 다니던 때 부장님은 끝내주는 여성과 함께 떠나는 3박 4일간의 감금 여행을 꿈꾼다고 술자리에서 입버릇처럼 말했습니다. 부장님이 해준 주옥같은 말씀 중에 이 말만 기억나는 걸 보면 저도 마찬가지 인간인가 봅니다.

하지만 『모래의 여자』는 부장님(이나 밥장)이 결코 혼자만의 엽기적인 상상에 사로잡힌 호색한이 아니라고 다독여줍니다. 그럼 '일본의 카프카'로도 불리는 아베 코보가 쓴 『모래의 여자』는 어떤 작품일까요?

한 남자가 채집 상자를 양쪽 어깨에 부담스러울 정도로 많이 걸치고 인적이 드문 사구 위를 걷고 있습니다. 그는 취미로 곤충을 채집합니다. 방학 숙제 정도가 아니라 새로운 곤충을 발견하여 자신의 이름을 붙이기 위해서 인적이 없는 곳까지 나서는 것이죠. 한창 걷고 있는데 느닷없이 마을이 나타납니다. 바다 사막 한가운데 마을이 있는 것도 놀라운데 마을의 모습 또한 무척 기묘합니다. 집이란 집은 모두 금방이라도 쏟아질 듯 높은 모래벽 속에 박혀 있습니다. 마을의 노인은 하룻밤 쉬어가라며 여인 혼자 살고 있는 모래 분지 속 집으로 주인공을 데리고 갑니다. 이때부터 모래 구덩이판 「미저리」가 시작됩니다.

밖에서 사다리를 내려주지 않으면 도저히 집 밖으로 다시 나올 수 없습니다. 모래는 하염없이 머리 위로 떨어지는데 모래의 여자는 익숙한 솜씨로 모래벽이 무너져 집이 덮이지 않을 만큼만 모래를 퍼냅니다. 의지와 상관없이 모래 구덩이에 갇혀버리게 된 남자는 자신에게 닥친 불합리한 상황을 받아들이지 못합니다. 가만히 있어도 한 움큼씩 모래가 씹히는 상황도, 파묻혀버리지 않기 위해 매일 밤 부삽으로 모래를 퍼내야 한다는 사실도 인정하지 못합니다. 그저 원망스런 표정으로 여자만 못살게 굽니다.

그는 어떻게든 모래 밖으로 빠져나가려고 하지만 그녀는 돌아다녀봐야 피곤하다며 그저 있는 그대로 받아들이라는 체념의 눈빛을 보냅니다. 그녀에게 새로운 건 오직 남자, 그의 몸에서 나는 남자의 향기입니다. 배시시 웃으면서 알몸으로 잠든 그녀 옆에 누운 그는 투덜거리며 애써 잠을 청합니다. 그러던 어느 날 그녀의 몸이 눈 안으로 쏙 들어옵니다. 타이밍이 된 거죠.

주인공은 여자의 굵직한 허벅지에 왜 이리 격렬하게 빨려드는지

사막 한가운데 파묻혀 모래를 파내는
여자의 까맣게 그을린 피부가 빛나게 보이는 순간.
노동으로 단련된 팍팍한 허벅지가
　　　　　　　온몸의 신경을 뽑아 감아주고 싶을 정도로
섹시하게 보이는 순간.
　　　　　　그 순간의 성적 황홀감...

이유를 알 수 없다면서도 신경을 한 올 한 올 뽑아 여자의 사타구니에 감아주고 싶다며 그 황홀경을 묘사합니다.

사막은 예부터 깨달음의 장소였습니다. 이런 신성한 공간에서 성기 사이에 낀 모래를 원망하고 털어가며 뒹구는 남녀의 모습은 무척 자극적입니다. 사막 한가운데 파묻혀 모래를 파내는 여자의 까맣게 그을린 피부가 빛나게 보이는 순간. 노동으로 단련된 실팍한 허벅지가 온몸의 신경을 뽑아 감아주고 싶을 정도로 섹시하게 보이는 순간. 작가는 이런 느낌을 집어서 느닷없이 코앞에 들이댑니다. 이처럼 『모래의 여자』는 실감나는 묘사와 감정을 풍부하게 녹여낸 대사, 그리고 느닷없이 등장하는 초현실적인 상황이 잘 버무려져 있습니다. 또한 적당히 노골적이어서 마치 앞섶이 푹 파인 드레스를 힐끔거리는 것처럼 짜릿합니다. 제가 읽은 소설 중에서 가장 에로틱한 작품으로 꼽고 싶습니다.

성적 황홀함이란 삶에서 꼭 필요한 것일 수도 있고 사치품처럼 있으면 좋지만 없어도 그리 나쁘지 않은 것일 수도 있습니다. 물론 자세한 건 동물행동학자에게 물어봐야 되겠지만 말이죠.

일본의 사진작가 아라키는 시들고 마른 꽃잎을 카메라에 담으며 『색정화(色情花)』라고 이름 붙입니다. 그에게 성적 황홀감은 시든 꽃을 보는 일처럼 피학적인 즐거움일지 모릅니다.

다만 저는 스러져가는 육체를 받아들이며 모든 게 꿈이며 달콤한

거짓말이라고 편하게 받아들이고 싶습니다. 하지만 성적 황홀감에 대
해 수다를 떠는 일만큼은 언제나 환영합니다. 입과 뇌는 좀처럼 나이
가 들지 않나 봅니다.

282

밤의 인문학

사랑이라는 암흑물질

매년 12월 31일이 되면 어머니와 함께 집에서 티브이로 보신각 타종
행사를 봅니다. 종이 울리면 건배를 하고 어머니는 새해 덕담을 합니다.
덕담이 끝나면 곧바로 더빠로 와서 맥주를 홀짝거립니다.
올해도 마찬가지였습니다. 이미 많은 친구들이 모여 새해 건배를 하고
있었습니다. 따지고 보면 어제 뜬 태양이나 오늘 뜰 태양이나 다를 바
없는데도 말이죠.
아는 단골손님이 연애운을 봐주겠다며 타로를 꺼내듭니다. 몇 장을
들추더니 일에 대한 열정과 에너지는 넘치는데 연애를 끌고 가는 힘이
약하답니다.
연애를 하려면 먼저 사랑이 뭔지 알아야 합니다. 제게 사랑이란 '호기심
반 외로움 반'이 아닐까 싶습니다. 하지만 그게 다는 아니죠. 마치
우주의 대부분이 암흑물질로 채워진 것처럼 말입니다. 뭔가 있다는 걸
알지만 그게 뭔지 도무지 알 수 없는 이놈의 암흑물질 때문에 밤하늘은
별들로 반짝거립니다. 이렇게 고급스럽게 수다를 떨고 있을 즈음 더빠
사장님이 한마디 던집니다.

"밥장님의 암흑물질은 체력이야. 체력. 가늘어진 허벅지 좀 봐요."

밤 의   인 문 학
열여섯 번째 밤

기괴함과
창조성

우리 안에 갇힌 그림자,
괴물에 대하여

『동물, 괴물지, 엠블럼, 중세의 지식과 상징』 최정은, 휴머니스트, 2005년 출간
『수집 미학』 박영택, 마음산책, 2012년 출간

앞에 앉으신 분이 마침 오늘 말씀 드릴 내용
을 가지고 오셨네요. 스타벅스 커피 좋아하세요? 그럼 스타벅스 로고
도 좋아하시겠네요. 이 로고, 알고 보면 몹시 음란합니다. 이렇게 말
하면 '뭐야, 이 아저씨……' 하겠죠. 하지만 제 이야기를 들어보세요.

이 로고는 이전에 그려진. 그러니까 16, 17세기의 노르웨이 목판화에서
연유한다고 한다. 꼬리지느러미가 두 개 달린 이른바 '바우보 사이렌
Baubo Siren'이다. 그렇게 두 꼬리를 양쪽으로 나눈 것은 그 사이로 여성
의 음부를 보여주려는 의도다. 하반신의 세로 입술(여성의 음문)을 '바
우보'라고 하는데 이는 그리스신화에서 유래한다.

_『수집 미학』에서

비록 아슬아슬하게 오린 깔끔한 디자인이지만 두 꼬리 사이에 무엇이 있을지는 금세 알 수 있습니다. 옛 사람들의 상상력을 통해 여성의 음부는 신화 속 괴물로 탈바꿈했습니다. 이렇게 섹스를 그저 진땀나는 사정에 그치지 않고 기묘한 모습으로 보여주는 일이 저같이 그림으로 먹고사는 사람이 해야 할 일이 아닐까 싶습니다.

욕망은 끝이 없고 집요합니다. 그래서 섹스는 마르지 않은 샘처럼 해도 해도 지겹지 않고 새로운 이야기를 만들어냅니다. 제겐 더할 나위 없는 여물통인 셈이죠. 말 나온 김에 인어 이야기를 좀 더 해볼까요?

인어는 그 매력에도 불구하고 처녀로 남아야 하며 결코 닿아서는 안 된다. 인어의 보물은 그리하여 순결성이라는 이미지와 결합된다. 유혹적인 세이렌과 인어는 하반신, 즉 성기관이 없는 신체를 가지고 있다

_『동물, 괴물지, 엠블럼, 중세의 지식과 상징』에서

몇 년 전까지 전 머릿결이 풍성한 인어를 줄곧 그렸습니다. 제가 그린 인어는 바우보 사이렌과 달리 치렁치렁한 머릿결 아래 작은 가슴을 감추고 섹스를 할 수 없는 몸으로 바다를 헤엄쳐 다녔습니다.

인어를 보고 있으면 대학 시절 마광수 교수에게 배운 말이 떠오릅니다. 접이불루(接而不漏), 섹스를 하되 사정은 하지 마라. 글자 그대로 해석할 수도 있지만 삽입보다는 애무를, 절정보다는 절정에 다다

르는 과정을 즐기라는 뜻이었습니다. 그의 강의를 들은 지 20년이 지났습니다. 그림을 그리고 나서야 비로소 그가 무슨 말을 하려고 했는지 이해할 수 있었습니다. 접이불루는 변강쇠가 되는 비법이라든가 섹스의 기술이 아닌 자신만이 터득한 미학적인 태도였습니다. 그는 학문적이고 어려운 개념을 섹스에 비유해서 설명하였습니다(그때부터 마광수 교수 인생에 개고생이 시작되었죠. 덕분에 음란하고 변태적이고 요즘에는 책 장사하는 교수로까지 오해받고 있습니다. 아마 문학과 미학을 개인의 섹스 취향처럼 다뤘기 때문이지 않을까 싶습니다. 물론 섹스 취향 또한 존중받아야 하지만 말입니다).

제 그림 속에 등장하는 언어는 이미지이자 상징입니다. 그냥 언어일 수도 있지만 접이불루의 화신일 수도 있습니다. 전 직접 부딪치기보다는 비껴가거나 헷갈리게 만드는 게 더 좋습니다. 그래야 오해의 파도를 헤치며 오래오래 먹고살 수 있으니까요.

『유혹의 기술』에는 역사적으로 매력적인 사람들을 소개합니다. 매력을 뿜는 사람들에게는 한 가지 공통점이 있습니다. 유혹 당하는 사람이 오히려 자신이 유혹하고 있다고 여기게끔 만든다는 점이죠. 매력적인 사람에게는 몇 가지 유형이 있는데 전 앤디 워홀이 마음에 듭니다. 그는 결코 먼저 나서는 법이 없었습니다. 늘 방구석에 은백색의 가발을 뒤집어쓰고 무심한 듯 앉아 있었습니다. 그런데도 그의 주위에는 사람들이 끊이질 않았습니다. 누구를 만지거나 얼싸안으며 섞이지도 않았는데 말이죠. 오히려 결코 닿아서는 안 되는 존재로 남아 얼음 같은 매력을 발산하였습니다. 때로는 거리감 자체가 매력입니다. 그는 자신에게 맞는 매력이 뭔지 잘 알았던 것 같습니다(그래서인지 그가 생산한 작품을 보면 뜨거운 심장보다는 영리한 전두엽이 먼저 느껴집니다).

유혹 하면 저도 모르게 이발소가 떠오릅니다. 퇴폐 이발소에는 늘 '신장개업'이란 푯말이 붙어 있죠. 가게 이름이 바뀌지도 않았는데 잊을 만하면 삼색 회전 불빛 위에 어김없이 붉은 글씨가 붙습니다. 신장개업이라는 문구는 이상한 매력을 갖습니다. 아무것도 보여주지 않았는데도 그곳에서 벌어지는 일을 상상하게끔 만들죠. 평범해 보이는 이발소가 쾌락과 살 냄새 가득한 하렘으로 보입니다. 굳이 가슴 깊게 파인 모델들의 사진을 보여주지 않아도 충분합니다. 섹스는 성기가 아닌 머리로 하는 것이기 때문입니다.

괴물이 그로테스크하다는 것은 이질적인 요소들의 병립을 의미한다. 괴물이 괴물인 것은 상반된 것들을 그대로 공존시키고 어느 한 영역으로 다른 것을 흡수해 넣지 않기 때문이다.

_『동물, 괴물지, 엠블럼, 중세의 지식과 상징』에서

괴물이 그로테스크하다는 것은
이질적인 요소들의 병립을 의미한다.
괴물이 괴물인 것은
상반된 것들을 그대로 공존시키고
어느 한 영역으로 다른 것을
흡수해넣지 않기 때문이다.
_『동물, 괴물지, 엠블럼, 중세의 지식과 상징』에서

서로 관계가 먼 요소를 연결할수록 더욱 낯설고 새로운 것들이 만들어집니다. 벽돌과 집을 연결하고 오리와 호수를 연결하는 건 초등학생이라도 다 합니다. 하지만 오리와 벽돌을 연결하기는 조금 어렵습니다. 이렇게 멀어 보이는 것끼리 연결하면 번쩍하는 황홀한 순간이 스쳐갑니다. 켄타우로스는 사람의 상체에 말의 몸과 다리가 붙어 있습니다. 앰피스배나는 뱀처럼 생겼는데 꼬리에도 머리가 달려 있습니다. 세이렌은 여인의 몸에 물고기의 꼬리가 붙어 있습니다. 상상 속의 괴물들은 도저히 함께 있을 수 없는 것들을 아우릅니다.

괴물은 선택의 자유를 온몸으로 보여줍니다. 그로테스크하다는 건 달리 말하면 서로 달라도 쉽사리 버리지 않고 하나의 몸속에 지닐 수 있는 능력입니다. 이것과 저것을 구분하면 명쾌할 수 있어도 색다를 수는 없습니다. 새로운 걸 만드는 일은 안개 속을 헤집으며 괴물을 찾아 나서는 일과 같습니다. 창조란 엉뚱한 상상에서 시작하여 말도 안 되는 것끼리 관계를 맺는 걸로 마무리됩니다. 키마이라는 사자 머리에 염소의 몸, 여인의 가슴을 하고 용이나 뱀의 꼬리가 달려 있습니다. 그렇다고 사자나 염소라고 부를 수 없습니다. 사자의 특징과 염소의 특징이 섞이지 않고 고스란히 다 드러나 있기 때문입니다. 그래서 키마이라는 키마이라라고 부를 수밖에 없습니다. 괴물이란 지금까지 알고 있던 상식으로는 도저히 이름 붙일 수 없는 그 무엇입니다.

번역 불가능함이 이름의 속성이다. 그러나 어느 누구로도 대체될 수 없는 차이, 유일무이한 존재로서의 이름을 진실로 부르는 것은 그와 내가 동등한 인간으로 만나는 데 필수적인 행위이다. 인간이 도구화, 사물화, 추상화될 때는 이름이 사라진다.

_『동물, 괴물지, 엠블럼, 중세의 지식과 상징』에서

괴물은 결코 나쁘거나 틀린 게 아닙니다. 오히려 유일무이한 괴물이 되지 못하고 직책이나 직위로만 불리며 사는 게 더 불행할 수 있습니다. 사실 김 과장이나 유 과장이나 별반 다를 바 없습니다. 그래서 직장인은 입사하는 순간부터 서글픈 아우라를 지니게 됩니다. 처음에는 냉장고에 가득 차 있는 음료수, 통장에 찍히는 달콤한 보너스, 언제나 접대 준비가 되어 있는 업체들 덕분에 즐겁습니다. 하지만 시간이 흐를수록 자신을 감싸고 있는 운명적인 슬픔이나 숙명을 어렴풋하게나마 느끼게 됩니다. 바로 유일무이한 괴물이 되지 못해 슬픈 겁니다. 장 과장인 나는 김 과장이나 유 과장으로 얼마든지 대체될 수 있습니다. 그래서 수많은 과장들을 물리치는 길만이 살 길입니다. 이때부터 살벌한 경주가 시작되는 거죠.

프로이트는 우리 마음에 안정과 의미를 주는 것은 일과 사랑이라고 했습니다. 하지만 일과 사랑 앞에 '대체 가능하지 않은, 나만의'라는 문장이 빠져 있는 게 아닌가 싶습니다. 대체 가능하다는 말 속에는 안

심과 불안이 뒤섞여 있습니다. 남들이 하니까 마치 검증된 일처럼 보이지만 나 말고 다른 사람도 충분히 할 수 있기에 경쟁을 피할 수 없습니다. 그래서 늘 불편합니다. 이러지도 저러지도 못하게 만들죠. 불안은 바지를 올리지도 내리지도 못하는 엉거주춤한 자세에서 나옵니다. 마케팅에서는 블루오션을 강조합니다. 남이 가지 않은 길, 남이 하지 않은 일을 해야 성공한다고 말합니다. 머리로는 알지만 안전에 대한 강박이 발목을 붙잡습니다. 마케팅에서 흔히 말하는 보랏빛 소는 달리 말하면 괴물입니다.

어릴 적 보았던 「그랜다이저」라는 만화영화가 떠오릅니다. 영화가 성공하려면 악당이 멋있어야 합니다. 「그랜다이저」 역시 흥행 공식을 제대로 따랐습니다. 그랜다이저와 맞장을 뜰 괴물들은 달의 뒷면에서 출격합니다. 그것도 매 회 기상천외한 무기를 장착하고 나타납니다. 불을 뿜거나 거대한 채찍을 휘두르는 등 한 동작 한 동작 섬세하게 움직이며 도시를 쑥대밭으로 만들어놓습니다. 그러다 무너지는 건물 사이로 소리 지르며 도망가는 사람들을 보여줄 때는 똑같은 그림이 무한 반복됩니다. 결국 마지막에 괴물은 그랜다이저의 칼날에 여지없이 목이 떨어져 나갑니다. 하지만 전 괴물들의 운명보다 아무런 개성 없이 괴물의 발에 반복해서 밟혀 나가는 수많은 사람들이 더 비극적으로 보입니다.

괴물의 표상은 근대의 미학에서 점차 폐기되어가거나 여전히 내면화되어 지

속되던 어떤 흐름을 설명해준다. 과학, 기술, 합리성이 주요 담론인 우리 시대에도 그것은 동일하다. 거기에는 이성에 의해 언제나 그림자로 억압되고 마는 무엇이 있다. 그림자. 그것은 억압되었을 뿐 사라지지 않았다.

_『동물, 괴물지, 엠블럼, 중세의 지식과 상징』에서

뜨거운 심장보다 경우에 밝은 전두엽이 대접받는 시대에는 '하고 싶다'라는 말보다 웬만하면 '하지 말자'가 대세처럼 보입니다. 그러다 보면 착한 사람 콤플렉스에 빠져 하고 싶어도 하지 못합니다. 정말 착하고 싶다면 착해져야 옳죠. 착한 것과 착해 보이는 건 엄연히 다릅니다. 애써 착함을 포기할 필요는 없지만 무턱대고 착해 보이려고 애쓰다 보면 진짜 모습보다 그림자만 짙어집니다. 전두엽이 어디까지 버텨줄지 모르지만 분명한 건 버티는 데는 한계가 있다는 사실입니다.

뉴스는 언제나 재난과 폭력부터 머릿기사로 보여줍니다. 우리 안의 그림자는 영화와 애니메이션에서 날뛰며 피칠갑을 합니다. 정체를 알 수 없는 모호한 적개심이 질투를 자극합니다. 야하고 선정적이고 잔인한 장면들 '때문에' 정서를 해친다며 애꿎은 청소년들을 들먹이며 우리는 영화를 탓합니다. 하지만 영화는 어디까지나 우리 뒤에 드리워진 그림자를 예술적인 방법으로 표현한 문화의 산물일 뿐입니다. 괴물들이 거리를 마음껏 활보해야 하는 이유가 여기에 있습니다. 익숙해지면 두려울 것도 없습니다.

밤의 인문학

도시남녀의 괜찮은 삶을 위한 책 처방전

© 밥장 2013

1판 1쇄	2013년 6월 20일
1판 2쇄	2013년 7월 15일

지은이	밥장
펴낸이	정민영
책임편집	권한라
편집	손희경
디자인	최윤미
마케팅	이숙재
제작처	한영문화사

펴낸곳	(주)아트북스
브랜드	앨리스
출판등록	2001년 5월 18일 제406-2003-057호
주소	413-756 경기도 파주시 문발동 파주출판도시 513-7 2층
대표전화	031-955-8888
문의전화	031-955-7977(편집부) 031-955-3578(마케팅)
팩스	031-955-8855
전자우편	artbooks21@naver.com
홈페이지	www.artinlife.co.kr
트위터	@artbooks21

ISBN 978-89-6196-137-0 03810

이 도서의 국립중앙도서관 출판시도서목록(CIP)은 e-CIP홈페이지(http://www.nl.go.kr/ecip)와
국가자료공동목록시스템(http://www.nl.go.kr/kolisnet)에서 이용하실 수 있습니다.(CIP제어번호: 2013008325)